Sur l'auteur

Indépendamment d'un parcours professionnel dévoué au multimédia, son intérêt s'est aussi porté sur le voyage, dont il a pu faire son métier à une époque, et la source où il a puisé les décors de ses récits. Car c'est surtout l'écriture qui l'a accompagné depuis toujours. Une passion qu'il a longtemps reléguée au rang de loisir annexe, pour son simple plaisir, mais qui a fini par reprendre le dessus (chassez le naturel...). Ce qui l'a amené à publier son premier roman, Corso, en plus de l'écriture régulière de nouvelles, dont voici un premier florilège.

Passionné d'histoire autant que de mythologie, ses textes sont une rencontre entre ces deux mondes. Y planent les parfums d'anciennes provinces où viennent se rejouer des événements occultés, s'ébattre des créatures à jamais disparues, qui n'existent plus que dans le souvenir de nos veillées. Des événements que l'inconscient collectif a rejetés au rang de chimères et qui ne demandent qu'un peu d'encre et de papier pour reprendre vie.

©Xavier Allart 2011/2017
Texte & conception graphique

Éditeur : BoD - Books on Demand,
12/14 rond point des Champs Élysées,
75008 Paris, France

Impression : BoD
Books on Demand, Norderstedt, Allemagne

ISBN 9782322081356

Dépôt légal : Août 2017

Auro Caudo

Les nouvelles quêtes de Corso

Xavier Allart

« Historique Fantaisie »

Introduction

Auro Caudo, c'est ce vent chaud venu du Levant, chargé de contes d'Orient et d'histoire de Méditerranée, de trésors et de mystères à explorer.

Auro Caudo, c'est la quête de Corso, marin provençal et chasseur de reliques, à travers cette fin de renaissance ou intrigues et complots le partage à d'antiques secrets.

Entre histoire et légendes, une succession d'aventures fantastiques dans un monde aujourd'hui révolu, mais tellement présent dans notre imaginaire...

Aventures ou contes philosophiques, chacun de ces textes s'inscrit dans une chronologie qui en fait, au final, une histoire. Celle de ce personnage de Corso, dans un XVIIe siècle où la Méditerranée est encore le creuset des plus grandes richesses, matérielles et spirituelles.

Y plane encore l'ombre de ses antiques civilisations, tandis que chrétiens et Barbaresques y mènent une guerre sans merci. C'est dans ce cadre sans pareil que Corso va mener ses quêtes, de trésors et de mystères.

L'ensemble vient s'inscrire dans la chronologie du roman *Corso – La conjuration Mare Nostrum*, sans pour autant en nécessiter la lecture préalable. Pour ceux qui ont déjà lu le roman, par contre, il apportera une lumière nouvelle sur le personnage.

Si le récit de ces quêtes peut parfois paraître si fabuleux, doit-on pour autant en déduire qu'elles ne sont que l'objet de mystifications ?

Ces textes sont rassemblés ici pour laisser à chacun le loisir d'en juger.

Le val d'enfer

Ce texte partage à sa manière avec le suivant, « L'alchimiste et les Cascaveous », la particularité d'être écrit à la première personne. C'est donc un témoignage de première main nous rapportant les aventures de Corso.

Un seul regret, peut-être : le manque de repères chronologiques ne nous permet pas de le resituer avec précision parmi ses autres péripéties. Nul doute cependant que c'est à la suite de celle-ci que ses ambitions personnelles auront pu s'affirmer. On la situera peu avant 1630, donc. C'est pourquoi nous avons choisi de le présenter en tout premier lieu.

Ce récit nous ramène, comme on pourra le constater, à un étrange et fameux conte de la tradition provençale, nous rappelant, si besoin était, à quel point l'histoire peut rejoindre la légende.

Lou Trau di Fado[1]

C'est au détour d'une vieille échoppe de Smyrne que j'avais fait la découverte. Les échelles du Levant, ces comptoirs en terre ottomane où seuls les Français étaient acceptés, regorgeaient de surprises de ce genre. C'était un privilège accordé autrefois au Roy François Ier par le sultan Soliman, et toujours valable aujourd'hui sous le règne de Louis le treizième, privilège dont je ne me privais aucunement. La forme et la couleur de la statuette m'avaient d'abord amusé, réveillant dans mon âme provençale des contes depuis longtemps relégués au fin fond de mes souvenirs d'enfance. Me laissant prendre au jeu, j'en avais fait l'acquisition et n'avais cessé depuis lors de la contempler durant le voyage de retour à travers la Méditerranée. En observant l'objet sous tous les angles, j'avais alors pu faire une curieuse constatation que j'escomptais mettre à l'épreuve des faits : dans la pénombre apparaissaient à sa surface de curieux entrelacs qui disparaissaient aussitôt revenue la lumière du jour.

De retour chez moi, en Arle, je pris à peine le temps de me reposer du périple en mer avant de repartir en chasse. Une étrange fièvre m'avait saisi, dont je ne savais si elle était due au voyage en Orient ou à ma découverte. Probablement les deux.

---

1 - *le trou aux fées*

Heureusement, ma destination était proche à présent : la cité des Bauls me tendait les bras. Pour autant, je ne pris pas davantage le temps de m'y arrêter et repartis de plus belle. Redescendant la colline où était érigée la cité, la tension qui m'avait guidé jusque là commença à céder la place à l'appréhension. Plus je descendais le long de ce *Val d'enfer*, comme l'appelaient les habitants de ces lieux, et plus je sentais me quitter cet élan qui m'avait porté là. L'atmosphère pesante y était certainement pour quelque chose : lugubre, en cette saison, malsaine presque, elle eut découragé bien plus téméraire que moi, je gage.

Lou recatadou de la ratopenado[2]

Ce ne fut pourtant qu'en arrivant au fond de ce val que je m'arrêtai, saisi d'effroi : devant moi s'ouvrait l'inquiétant "*Trou aux fées*". La réputation qui entourait ce gouffre suffisait-elle à créer chez moi cette angoisse irrépressible ou était-ce l'aspect de cette gueule béante qui n'attendait là que de dévorer le voyageur imprudent qui osait la défier ?

Dressant la statuette devant mes yeux comme un talisman, après l'avoir sortie de ma besace, je trouvai le courage de reprendre ma progression et descendis dans l'antre de la masco. Tout en parcourant le sombre boyau qui s'ouvrait à moi, je vérifiai l'hypothèse que m'avait suggérée l'objet. Je sentais

---

2 - *la grotte aux chauves-souris*

sous mes doigts les formes caprines de l'animal représenté, mais, volontairement privé de lumière, ne pouvait plus en discerner la couleur : cet aspect de vieil or qui m'avait aussitôt rappelé un vieux conte de chez nous. À la place, ces marbrures presque lumineuses recouvraient l'objet, en laissant seulement deviner l'apparence, déjà estompée par la pénombre du tunnel. Mon intuition était donc juste : à mesure que je progressais, le relief de la grotte trouvait sa correspondance dans ces entrelacs comme suspendus à présent dans l'obscurité. J'avais en main une carte que je ne pouvais suivre qu'à condition de me passer de toute autre lumière.

L'écho de mes pas me fit soudain réaliser que j'avais débouché dans un endroit plus vaste dont j'ignorais la taille exacte, mais qu'en imagination je supposai gigantesque. Une odeur animale ainsi que l'hésitation de mes pas sur un sol rendu glissant par le guano me rappelèrent la première épreuve à laquelle j'étais censé me confronter. La grotte devait être emplie de chauves-souris que j'allai m'évertuer à ne pas réveiller. Je me souvenais en effet qu'au-dehors l'astre du jour brillait encore et qu'il n'était pas temps pour les petits habitants de ces lieux de partir en chasse. À condition, bien sûr de ne pas les déranger dans leur sommeil. Non pas que je craignais ces petites créatures de la nuit, mais leur nombre et l'inhabitude de l'endroit où je me trouvais pouvait être source de difficultés que je souhaitais éviter. Vaine tentative qui échoua dans un fracas de milliers de petites ailes lorsqu'une pierre sur laquelle je venais de trébucher déboula le long du tunnel, renvoyant un écho démesuré. Dans un réflexe presque enfantin, je me jetai à terre et couvris ma tête de mes bras. Les bataillons de petites créatures volantes se déchaînèrent au-dessus de moi durant ce qui me parut une éternité. Je m'imaginais déjà taillé en pièces par ces cohortes de petits monstres lorsque le calme revint. De toute évidence, elles avaient quitté les lieux. Tout en me félicitant d'avoir aussi facilement passé la première épreuve, j'espérais secrètement ne plus avoir affaire à ces créatures.

La Masco, la dins li sounge envoulido[3]

Après avoir longtemps tâtonné autour de moi afin de retrouver la statuette égarée, je repris ma progression. Même si le conte de mon enfance m'avait appris quelle serait la seconde épreuve, j'ignorais en réalité à quoi je serai confronté. Et puis tant de siècles s'étaient écoulés depuis l'origine du récit, à quoi pouvais-je m'attendre ?

Une odeur méphitique m'avertit que je venais de déboucher dans une nouvelle salle souterraine. Pris d'une soudaine envie de comprendre ce qui m'attendait cette fois, je me risquai à allumer ma torche. Je me trouvais dans une sorte de crypte encombrée d'un bric-à-brac qui m'indiquait qu'on avait vécu ici. Il y a longtemps cependant, à en juger par l'état de ce qui m'entourait : des sortes de vieux

---

3 - *la sorcière, enveloppée de songes*

mobiliers improvisés avec des moyens de fortune, composés de planches usées et de pierres. Dans un recoin, assise sur ce qui ressemblait à un fauteuil, une silhouette m'observait en silence. Elle semblait m'attendre : *Taven la masco*. La vieille sorcière du conte ne bougeait pas et pourtant tout dans cet antre paraissait animé d'une vie malsaine, comme des brumes montant du sol à travers quelques failles et dispensant un mouvement obsédant à l'ensemble. C'est de là, constatai-je, que venaient ces relents délétères: quelque gaz putrescent sortait du sol et remontait jusque sous la voûte en volutes créant l'illusion de la vie. Ainsi pouvait sans doute s'expliquer cette présence, décrite dans le conte, d'une brume grise entourant la sorcière et suggérant que des cohortes fantomatiques l'accompagnaient.

Satisfait d'avoir percé ce nouveau mystère, je ne m'en approchai pas moins prudemment de la silhouette. Elle était bien là, la vieille femme enfoncée dans son fauteuil de fortune, telle qu'on pouvait l'imaginer, affublées de haillons. Du moins ce qui pouvait rester d'elle. Car c'est un corps sans vie que révélait la lueur de ma torche. Restes pathétiques d'une légende séculaire. Je restai un moment ainsi à la contempler, me remémorant ce passage de l'histoire où la voix sépulcrale de la masco avertissait le héros du conte, *Abd Al-Rhaman* le Maure, des dangers qui l'attendaient encore dans sa quête. Me revint alors cette histoire de potions qu'elle lui offrait pour lui donner une chance d'y survivre. Intrigué, j'inspectai le reste de la pièce. J'y découvris, non sans amusement, un certain nombre de fioles alignées contre un mur, dans le renfoncement d'une corniche. Nul doute que leur contenu avait depuis belle lurette perdu toute vertu, mais qu'importe, j'en empochai quelques-unes et repris mon chemin, toujours guidé par ma curieuse chèvre d'or. Pour la centième fois, peut-être, je me récitai le conte, espérant deviner ce qui m'attendrait au prochain détour. Suivant les traces du personnage de l'histoire, j'avais pris la voie de gauche et remontai le corridor sur une quarantaine de pas. Une fois encore, j'avais dû éteindre ma torche pour pouvoir suivre les indications de la statuette.

C'est ainsi que je fus surpris de me retrouver soudain immobilisé dans une substance gluante qui vint rapidement à bout de mes efforts pour m'en échapper. Cette fois, je devais bien l'avouer, je n'étais pas de taille. Parvenant péniblement à dégainer la dague qui pendait à ma ceinture, je tentai en vain de déchirer les lianes qui me retenaient prisonnier. Car c'était bien d'une plante qu'il s'agissait, mais pas de celles qui poussaient habituellement en nos contrées. Je pensai reconnaître celle-ci pour l'avoir vue à l'oeuvre autrefois, dans les forêts vierges du Nouveau Monde. Comme mues par une vie propre, elles avaient pour habitude de capturer insectes et petits animaux dans leurs corolles enduites d'une poix à laquelle nulle de ces créatures ne pouvait ensuite échapper. Cette fois cependant, je me retrouvai être la victime de cette plante carnassière dont j'imaginai aisément la taille hors du commun pour m'avoir pris dans ses rets. Mon périple ne pouvait pourtant s'arrêter là, digéré par cette monstrueuse créature. Le désespoir me gratifia alors d'une fulgurance de l'esprit : certes, ces potions, dont l'histoire avait affublé le héros, et que je portais maintenant dans ma ceinture, ne pouvaient en aucun cas avoir gardé de leur pouvoir, mais qu'avais-je à perdre ?

La peur à présent troublait mon jugement et me poussait aux espoirs les plus insensés. J'en étais ainsi rendu à me contorsionner pour me saisir des fioles de la sorcière. Mes doigts effleuraient les formes étranges des flacons, mais lequel choisir ?

Ce que ma vue ne m'avait pas accordé, c'est le toucher qui me l'offrit : je crus ainsi percevoir du bout des doigts les formes d'une plante, s'ouvrant en corolle vers le goulot. Je m'en saisis péniblement et la laissai choir à mes pieds, brisant le flacon. Le chuintement qui s'ensuivit m'accorda l'espoir que le liquide contenu dans la fiole, loin de s'être étiolé avec le temps, s'attaquait maintenant aux racines de la plante. Comment était-ce possible, et combien de temps faudrait-il pour que cèdent les lianes qui me retenaient prisonnier et me brûlaient les chairs ?

Je commençais à céder à un délire enfiévré lorsque je réalisai que mon corps avait glissé le long de la plante et se trouvait maintenant étendu sur le sol, au milieu des lianes agonisantes. Je me traînai hors d'atteinte et restai là, un moment, sans trouver la force de continuer.

Combien de temps s'était-il écoulé avant que je ne recouvre mes forces et ne reprenne mon périple ?

Je n'avais plus maintenant qu'une idée en tête : sortir de cet enfer. C'est ce qui me poussa à repartir à la recherche d'une issue. Comme de bien entendu, l'histoire ne devait pas s'arrêter là.

La caumo di trevan[4]

Le sol descendait à présent, dans une conformation qui m'évoquait comme un escalier. Une curiosité de la nature, supposai-je, entreprenant la descente. Une descente qui devait s'avérer vertigineuse et glissante, risquant mille fois me rompre le cou. Quand enfin je débouchai sur un sol à nouveau plat, c'était pour retrouver cette sorte de brume rencontrée dans l'antre de la sorcière. À la fois identique et différente, pourtant. Rapidement, je fus pris d'une toux et mes yeux brûlaient ainsi que ma gorge. C'était comme un poison qui montait du sol, m'entourait et faisait naître autour de moi mille spectres grimaçants. Le poison s'insinuait maintenant dans ma tête et me faisait perdre toute raison. Sans hésiter, je me saisis de la seconde fiole, décidé à la jeter au sol pour circonscrire ce nouveau péril. Il me vint alors à l'idée que son contenu, aussi puissant soit-il, ne pourrait venir à bout d'une telle quantité de brume empoisonnée. Je choisis plutôt d'en imbiber le foulard que je portais toujours au

---

4 - *la cave aux fantômes*

cou, le nouant autour de mon visage. Presque aussitôt, les brûlures se dissipèrent et je pus repartir, fier d'avoir vaincu ce nouveau maléfice. Je n'en étais pas moins épuisé pour autant et l'idée d'affronter la dernière épreuve me désespérait, à présent. Pourtant je n'avais guère le choix.

La Bambaroucho[5]

Au débouché d'un nouveau corridor, je pus d'un coup d'œil appréhender la scène que mille fois j'avais envisagée. Cette salle emplie d'une lueur sépulcrale avec, dans un recoin, cet amoncellement que je devinais de pierreries et autres richesses. Le sol, en outre, en était encombré d'ossements dont certains m'apparaissaient humains. Nul doute n'était permis : j'avais un dernier rendez-vous à honorer. Je devinais son regard posé sur moi, prête à bondir pour un ultime festin dont j'étais, à n'en point douter, le plat de choix. Durant un long moment, rien ne se passa. Pourtant, depuis mon arrivée, je pouvais sentir cette odeur animale emplir la grotte. Puis elle m'apparut, traversant la salle d'un pas assuré, comme certaine du dénouement de notre rencontre : la *Mandragoule*. Je retournai ce nom à plusieurs reprises dans ma tête, comme pour en saisir toute la signification. J'avais eu, plus souvent qu'à mon tour, à vaincre des fauves menaçant ma propre survie,

---

5 - *la noire bête*

mais cette fois il s'agissait d'affronter bien plus que cela : une légende incarnée. J'envisageai un instant de lâcher la rapière que je venais de dégainer et de m'enfuir en courant, tant la situation me paraissait inconcevable. Mais plus inconcevable encore, l'espoir d'en réchapper de cette manière. Il me fallait faire face, c'était une certitude à laquelle j'avais eu l'occasion de m'habituer depuis le début de cette quête.

L'animal approchait à présent, profilant son long corps à la fois fauve et reptile en un ensemble si déroutant et pourtant harmonieux. La *Mandragoule*. Le mot roulait dans ma tête. Habitué dorénavant à la magie des lieux, j'attrapai la dernière fiole qu'il m'avait été donné de récupérer chez la sorcière. La forme de croc si caractéristique ne suffisait pas à me rassurer sur son usage, mais allons bon, tout était si étrange ici que j'en acceptai l'augure. À l'instant où la noire bête se ruait sur moi, je lançai la fiole de toutes les forces dont j'étais encore capable et, dans un même élan, me jetai de côté. Je sentis tout à la fois l'haleine fétide du monstre et ses griffes me labourer le dos. Ma douleur sembla alors rejoindre celle de la bête lorsque son rugissement emplit la salle. Je me relevai aussitôt, prêt à défendre chèrement ma vie. Je vis la créature se débattre au sol, la gueule auréolée d'une fumée rougeâtre qui semblait la dévorer. Sans réfléchir davantage, je me jetai sur elle pour lui enfoncer mon arme dans le cœur, évitant de justesse un ultime coup de griffe. Le mugissement qui s'ensuivit roula en écho le long de la grotte, arrachant au passage les roches les plus friables. Puis le silence. Un silence de mort.

J'aurais dû, je pense, ressentir une grande fierté, à ce qui venait de se passer. Étrangement, ce n'était pas le cas. Je venais de tuer une légende, et cela m'apparut soudain comme sacrilège. Je n'étais pas un héros pour autant, j'avais fait appel à des magies qui avaient faussé l'issue du combat. Mais j'étais vivant, et riche qui plus est. Je laissai là la bête morte et entrepris l'inventaire du trésor qui gisait dans un recoin de la grotte, attendant son heure. Je ne pourrai certes pas tout emporter, mais le peu dont je parviendrai à me charger me suffira amplement. C'est alors que j'avisai des formes curieuses dissimulées parmi les pierres et les ossements jonchant la grotte. Comme... des œufs. Ainsi cet étrange animal était-il apte à se reproduire. Je m'apprêtais à détruire cette monstrueuse progéniture lorsque je suspendis mon geste, comme frappé d'une étrange idée : et s'il était donné à la légende de perdurer ? Et si le trésor du *Trou aux fées* se voyait affublé de nouveaux gardiens ? Et si l'histoire reprenait son cours ?

Qui étais-je pour lui interdire cette chance ?

Le val d'enfer resterait, peut-être à jamais, le terreau de la légende de la chèvre d'or.

L'alchimiste et les Cascaveous

Les relations de Corso avec les traditions hermétiques sont presque une constante dans ses récits. C'est une particularité de ce personnage, fils de marchand élevé à Venise, que de combiner les qualités d'un homme de mer avec une certaine érudition. Une particularité qui lui permettra de mener, avec plus ou moins de bonheur, les quêtes que nous rapportent ces chroniques.

L'alchimie était encore très en vogue, à l'époque de Corso, et c'est tout naturellement qu'il en vint à s'intéresser aux véritables desseins du Grand Art.

Au-delà des souffleurs et autres charlatans, ce récit nous rappelle que, même au cœur de périodes aussi troublées que les frondes du XVIIe siècle, une certaine sapience pouvait commander ces quêtes philosophiques.

Nous roulions en silence depuis quelques heures sur cette route qui nous menait en Aix. Aix en Provence. Des troubles agitaient la ville, et la région, en cette fin d'année 1630. Suite à la décision du Cardinal de Richelieu de centraliser l'impôt, celui-ci échappait dorénavant au parlement d'Aix. À peine revenus de Bregnole où ils s'étaient exilés pour échapper à la peste qui sévissait ici, les membres de ce parlement devaient maintenant faire face à ce qu'ils considéraient comme un camouflet de la part de notre gouvernement. De troisième fléau de la Provence, avec le mistral et la Durance, le parlement d'Aix se posait maintenant en défenseur du peuple, qu'il avait levé et poussé à la révolte. Car ce sont rarement les peuples qui font les révoltes, et encore moins les révolutions. Il faut pour cela bien plus de motivation et d'organisation que ne peuvent en avoir ces pauvres gens pour qui, en l'occurrence, un impôt reste un impôt, qu'il soit payé au Roi ou à ses suppôts. Il y a ceux qui fomentent la révolte, et ceux qui l'exécutent. Ce sont rarement les mêmes.

La révolte, donc, grondait. L'intendant Dreux d'Aubray, envoyé par le cardinal pour régler l'affaire, n'avait dû son salut qu'à la fuite par les toits. Le château de Gaspard de Forbin, Seigneur de La Barben, fut incendié. L'affaire devenait grave.

Et c'était là, au cœur de ce brasier, que Corso avait décidé de se rendre. J'avais bien tenté d'en apprendre davantage sur ses intentions. Peine perdue ! Tout à ses pensées, il ignorait jusqu'à mes questions.

J'attendais donc le moment propice et profitais du paysage qui s'offrait à nous. Rien de bien grandiose, certes, mais quelque chose de bucolique qui reposait l'âme.

Les *Cascaveous* ! Les *Grelots*. C'était ainsi que l'on nommait ces frondeurs aixois. On ignorait exactement d'où cela leur venait, mais il semble que cela ait à voir avec cette histoire de « Raminagrobis », évoquée lors de l'une de leurs sessions. Depuis, tous portaient ces grelots que l'on entendait tintinnabuler dans les rues de la ville.

Nous nous étions installés dans l'une des nombreuses auberges d'Aix. Je n'avais pas faim, ce soir là, et laissant mon ami Corso se restaurer tout en prenant ses informations auprès des habitants, comme il savait le faire, je décidai d'errer dans les rues afin de mieux comprendre l'affaire. Laquelle ? Je l'ignorai encore, mais supposai que cela avait à voir avec ces « *Cascaveous* ». En cela je me trompais, mais ne devais l'apprendre que plus tard. Dans l'agitation continuelle de la foule, nul ne prêtait attention à moi et, plusieurs fois, je dus éviter certains de ces révolutionnaires à l'esprit échauffé. Dans la pénombre, ceux-ci ne m'apercevaient souvent qu'au dernier moment, sursautaient comme s'ils avaient croisé un spectre, et repartaient honteux de leur réaction indigne d'un frondeur.

Je rentrai bientôt à l'auberge où je retrouvai Corso entouré d'un auditoire visiblement charmé par l'une de ses fameuses aventures que mon ami savait enjoliver à sa façon.

- « Qu'importe de violer l'histoire, aimait-il à dire, pourvu qu'on lui fasse de beaux enfants[6] ».

Je me joignis donc à eux, curieux de savoir comment notre aventurier allait s'en sortir, cette fois. En réalité, ses récits revenaient sans cesse à ces histoires d'alchimistes qui engendraient ce mélange de fascination et de malaise propre au mystère. Connaissant Corso, ces retours incessants au *Grand Œuvre hermétique* auguraient d'un intérêt qui allait au-delà de la simple histoire de taverne. Bien vite viendrait le moment où les langues se délieraient autour de nous pour lui apporter en retour les informations qu'il était venu chercher. Son attente fut vite récompensée et l'on apprit bientôt qu'un maître-alchimiste se proposait de faire une démonstration en place publique dès le lendemain, où il transformerait le plomb en or.

- « Encore un souffleur », glissa Corso comme en aparté pour lui-même.

Il semblait déçu. Ces *souffleurs*, comme on les appelait, n'étaient en fait que de vulgaires charlatans profitant de la crédulité pour acquérir fortune et gloire par leurs tours de passe-passe. Je subodorai alors que Corso espérait trouver, auprès d'un véritable alchimiste, la solution au mystérieux mal qui l'avait frappé quelques mois plus tôt dans le désert arabique. Je craignais qu'il ne soit déçu, une fois de plus, mais respectait sa quête.

---

6 Cette maxime sera reprise bien plus tard par un certain Dumas. Comme quoi...

Le lendemain, lorsque nous nous rendîmes en comité au domicile du dit alchimiste, nous trouvâmes porte close. L'individu s'était barricadé, semblait-il. Signait-il ainsi son imposture ?

Laissant les autres tenter de forcer l'entrée, je cherchai un moyen de me glisser à l'intérieur. Que je trouvai. Me frayant un passage parmi les cornues, athanor et autres instruments propres à l'art alchimique, je rejoignis bientôt l'énergumène dans son antre, le trouvant prostré dans la pénombre de son atelier. Surpris par ma présence, son état ne fit qu'empirer et il partit en hurlant vers la porte d'entrée que, d'une façon incompréhensible, il se décida à ouvrir. Probablement, se sachant découvert, avait-il accepté d'affronter son destin. Je n'en restai pas moins déconcerté par son attitude pour le moins exagérée. Qu'avait-il donc tant à se reprocher ?

On le raccompagna à son atelier où il pourrait s'équiper pour la démonstration promise. C'est un alchimiste blanc comme un linge et bafouillant quelques faibles imprécations incompréhensibles qui fut conduit de la sorte à travers la ville.

Durant les préparatifs, le philosophe semblait avoir retrouvé ses esprits, attaquant sa démonstration l'air relativement serein. Mais au moment où, finissant son œuvre, de la poudre d'or apparut dans la main de l'alchimiste triomphant, l'anathème tomba de la bouche de mon ami :

- « Souffleur ! Charlatan ! La farce était trop

facile. Tu espérais peut-être pouvoir nous dorer la pilule[7] si aisément ? »

Joignant le geste à la parole, Corso sauta d'un bond sur l'estrade dévolue à la démonstration, dévoilant d'un geste théâtral le mécanisme à l'origine du miracle. Le plomb était toujours là, adroitement dissimulé.

S'ensuivit une confusion indescriptible. Les notables, installés aux premiers rangs, en appelaient au guet et à leur honneur bafoué. Les *Cascaveous* semblaient plutôt d'avis d'en découdre par eux-mêmes avec l'imposteur, leur tout nouveau statut de frondeurs faisant d'eux des justiciers patentés. Quant à l'alchimiste démystifié, il semblait rétrécir de seconde en seconde. Après un instant d'hésitation, mu peut-être par le sentiment d'avoir déclenché quelque chose d'inexorable, Corso l'attrapa par le bras, puis, repérant un accès lui permettant de se glisser sous l'estrade, y entraîna le souffleur, camouflé par la cohue ambiante. Me trouvant suffisamment près de lui pour suivre la scène, j'anticipai la suite des événements et les y retrouvai par un autre passage. Corso s'escrimait à faire parler l'autre, profitant, ou bien malgré l'hébétude dans laquelle celui-ci s'était réfugié. Il fallait faire vite, avant qu'on ne les retrouve. Les mots sortirent, timidement d'abord, puis de façon de plus en plus

---

7   Cette allusion à une pilule que l'on dorerait remonte à cette époque où les apothicaires ne se privaient pas d'abuser de riches crédules en enduisant leurs médications d'une poudre dorée sensée leur conférer leur pouvoir de guérison.

frénétique à mesure qu'il comprenait son intérêt à révéler la vérité. Il n'était, avouait-il, que l'assistant du maître-alchimiste occupant ce laboratoire. Il n'avait pas encore acquis la capacité d'exercer, mais son maître le trouvait prometteur, semblait-il. Comment le vieil alchimiste avait-il disparu soudainement ? Difficile à expliquer à des néophytes. Le Grand Œuvre de l'alchimiste, tentait-il encore de nous faire comprendre, n'était pas la simple transmutation d'un métal vil en or. Cette étape n'était qu'un préambule, attestant simplement de la réussite de l'expérience. Le but véritable était bel et bien la transmutation de l'alchimiste lui-même, suivant ainsi la transformation de son esprit tout au long du procédé. Ainsi devait-il disparaître, purement et simplement, à l'issue de l'expérience, accomplissant sa destinée. L'immortalité spirituelle, et peut-être même physique, était la récompense recherchée dans tout ceci, l'alchimiste s'octroyant la possibilité de renaître à volonté de cette façon.

Voilà qui était bien difficile à avaler, mais nous n'eûmes pas le temps d'en débattre, nous voyant découverts par la foule vindicative. Le suspect fut arraché à sa cachette, enlevé par un millier de bras décidés à lui faire payer on ne sait quel crime, exactement. Comment raisonner cette hydre déçue par le miracle qui n'avait pas eu lieu ? Le guet tardant à venir, il ne fut bientôt plus possible de tenter de soustraire l'imposteur devenu victime de cette vengeance démesurée. Corso et moi-même avions déjà bien du mal à nous affranchir de l'amalgame qui pouvait si aisément faire des étrangers que nous étions des complices de la supercherie, et pourquoi pas, de l'assassinat du véritable alchimiste. On commençait à se souvenir, à présent, que celui qu'on avait sous les yeux n'était que l'assistant du vieux philosophe. Qu'était-il advenu de celui-là. Aucun doute n'était permis : on l'avait trucidé. Il fallait faire justice.

Plus mort que vif, nous nous extirpâmes de la foule et nous retrouvâmes, hagards, dans les rues de cette ville devenue folle. Reprenant ses esprits, Corso se précipita à travers le dédale des rues. Sa destination ne me paraissait que trop évidente : le laboratoire du vieil alchimiste. J'entendais son esprit en ébullition comme s'il m'avait conté ses intentions par le menu. Retrouver la trace du vieil alchimiste. Tenter de comprendre ce qu'il en était advenu. Prouver, enfin, l'innocence ou la culpabilité de son assistant. Si justice devait être rendue, elle devait l'être sur de justes faits.

La fouille du laboratoire devait pourtant poser autant d'énigmes qu'elle n'était censée en résoudre. Rien, dans cet attirail ésotérique, ne pouvait donner la moindre indication aux profanes que nous étions tous deux. C'est en étudiant la couche du vieil homme que se révélèrent enfin quelques indices. Sur cette paillasse se dessinait la forme d'un corps allongé, comme brûlée par on ne sait quel procédé. Des rognures également, non, des ongles entiers aux extrémités de cette forme où reposaient sensément les mains et les pieds, et quelques cheveux là où avait reposé la tête. Que signifiait tout ceci ? Une mise en scène ? Une mascarade morbide ? Seul l'assistant pouvait nous éclairer sur ce que nous étions censés voir là. Il fallait le retrouver, en espérant que le guet avait pu prendre les choses en main. De toute évidence, c'était là-bas, au poste, que nous pouvions retrouver le suspect.

Las, nous apprîmes en chemin que l'homme n'avait pu échapper à la vindicte populaire. Les autorités n'avaient pu arracher que charpie à cette foule enfiévrée. Mon ami était accablé. Comment aurait-on pu ne pas l'être ? Je sentais reposer sur ses épaules la culpabilité d'avoir livré à ces gens un coupable à exécuter de la manière la plus sauvage. Et sans la moindre possibilité de prouver son innocence, le cas échéant. Certes, cette histoire de transmutation du corps n'était pas raisonnablement recevable, mais alors ? Qu'était-il advenu du vieil alchimiste ? Restait la seule explication, non prouvée, mais presque évidente, de l'assassinat du vieil homme. Probablement, dans un proche avenir, retrouvera-t-on sa dépouille. Alors, l'apprenant, mon ami pourra-t-il enfin retrouver la sérénité. Et si l'assistant avait dit vrai ? Si le vieil alchimiste avait ainsi accompli sa destinée ? Alors il ne nous resterait aucun moyen de le prouver... L'affaire se montrait bien compliquée !

C'est ce que je m'évertuais à démontrer, en tout cas, à un Corso retourné à son silence consterné, dans la pénombre de cette auberge, lorsqu'il parut soudain prendre conscience de ma présence. L'affaire l'avait-elle perturbé à ce point ? L'air intrigué, il m'observait comme si j'étais une apparition. C'était... gênant. Pour éviter ce regard, je m'absorbai dans la contemplation de mes propres mains, pour m'apercevoir qu'elles étaient prises d'un comportement troublant. Les déplaçant devant moi, je me rendis compte pour la première fois qu'elles avaient la propriété de passer à travers les objets que j'avais à ma portée. Me concentrant à nouveau, je pouvais ensuite faire en sorte qu'elles s'y arrêtent, les saisissent. Tout cela était déconcertant.

Alors me revinrent en mémoire les événements de ces derniers jours. Cette sorte de frayeur que je pouvais lire dans les regards croisés dans la pénombre. L'absence répétée de réaction de mon ami à mes interventions, comme si, finalement, je n'existais pas. Et puis... d'où venions-nous lorsque nous arrivâmes en calèche sur la route qui nous mena jusqu'ici ? Je n'en avais pas la moindre idée. Tout s'était passé comme si je m'étais soudain retrouvé là, après une éternité d'absence. Après... Oui, je me souvenais maintenant, ce combat au large de la Libye à bord du navire de Corso, après que celui-ci ait disparu par-dessus bord. Je m'étais retrouvé à combattre ces hommes qui avaient tué mon ami, croyais-je alors. N'attendant aucune merci de leur part, et nullement disposé à leur en accorder la moindre, j'avais combattu à un contre dix... jusqu'à la mort. La mienne. Et me revoici, moi,

Flavinien Jardry, chevalier de Padirac, ombre parmi les vivants. Qu'étais-je censé faire ici ? Prendre enfin conscience de mon trépas ? Voilà qui était fait. Et maintenant, qu'allait-il se passer ?

À peine m'étais-je posé cette question que je me sentis comme aspiré vers le plafond de cette salle, puis au travers, puis encore de plus en plus vite jusqu'à perdre conscience de ma propre existence. Était-ce la fin ? Je n'avais pas eu l'occasion de saluer ces proches qui ignoraient tout de mon sort, ces amis avec qui j'avais vécu mes dernières aventures. Probablement aurais-je maintenant l'occasion de résoudre cette mystérieuse disparition du vieil alchimiste mais, par une curieuse ironie du sort, n'aurai pas le loisir d'en partager le dénouement avec les vivants...

La dernière fibre pensante de cet esprit qui fut le mien n'avait plus qu'une idée, une dernière : revenir, une dernière fois, pour clore cette vie si brusquement interrompue avant de partir, définitivement cette fois. M'accordera-t-on ce dernier vœu ? L'occasion m'en serait donnée, j'en étais d'ores et déjà convaincu.

Un hiver à loups

Ce récit nous ramène immanquablement à l'expression « entre chiens et loups ». Ce moment, juste avant la tombée de la nuit, là où le fantastique le dispute au réel. Où toutes les certitudes peuvent s'effacer devant l'inconnu, les croyances prenant le pas sur l'esprit rationnel. Devons-nous le mettre sur le compte d'une mauvaise appréciation des faits, la pénombre aidant, ou cela doit-il nous rappeler que chaque réponse acquise peut à son tour nous interroger sur le monde qui nous entoure ?

À chacun d'en juger et de bâtir sa vision, entre chien et loup.

Cet épisode nous donne aussi l'occasion de rencontrer un personnage illustre de cette époque, comme cela se reproduira régulièrement dans l'histoire de Corso. C'est aussi cette capacité à s'entourer de gens de cultures et d'horizons si riches et différents qui feront de lui ce personnage à la personnalité étonnante, loin des canons de son époque.

1639. Sans être aussi rude que les précédents, l'hiver n'en finissait pas cette année-là. Luberon[8] portait toujours ses dernières neiges et l'agitation de la Durance révélait d'importantes précipitations plus au nord, vers les Alpes. On parlait encore de rares, mais encore trop fréquentes attaques de loups en montagne de Lure, quelques lieues plus haut. En réalité, bien que le cas ne soit pas si rare (on pouvait dénombrer plusieurs dizaines d'agressions mortelles dans une même année, à cette époque), les récits d'attaques sur des personnes n'étaient encore plus souvent que légendes et relevaient plutôt du brigandage, mais catalysaient bien la peur qu'évoquaient ces bêtes.

Arrivé au bac de Mirabeau, non loin de Pertuis, Corso hésita un moment avant d'embarquer : grosse de ses eaux hivernales, la Durance roulait sur son lit de galets comme un monstre affamé, et ne semblait nullement décidée à se laisser traverser. Le nautonier, lui, restait impassible sur son embarcation. Du moins, s'il était inquiet, peut-être s'efforçait-il de n'en rien laisser paraître pour ne pas dissuader le chaland de faire appel à ses services. Ce fut ce qui décida notre voyageur. En outre, il n'était pas seul à vouloir traverser : un autre personnage était déjà installé, assis à même le bac. Il promenait sur la scène un regard à la fois détaché et intrigué,

---

8 Le préfixe Lu venant très probablement du provençal Lou Beron, rajouter un article pourrait facilement relever de l'hérésie. Quant à placer un accent sur le e, des guerres ont éclaté pour moins que cela.

comme s'il découvrait un décor de théâtre. L'homme ne manquait pas de laisser Corso perplexe.

Le passeur détacha l'amarre et l'embarcation se laissa emporter par les flots, reliée par ses filins à la traille, ce long câble qui traversait le fleuve de part en part, unique et presque dérisoire lien avec la terre ferme. On disait qu'autrefois le bac pouvait emporter des troupeaux entiers d'une rive à l'autre, mais à présent il se contentait de transporter quelques passagers avec leurs chevaux et sa taille s'en trouvait réduite d'autant. Il s'agissait d'une grande barque équipée de quelques bancs sur lesquels nos voyageurs avaient trouvé place. L'ambiance mouvementée et bruyante des flots en furie n'avait pas dissuadé Corso d'entamer la conversation avec son compagnon de traversée. Celui-ci se contentait de répondre d'une manière un peu distante, mais sans mépris aucun. Il était toujours ce spectateur se livrant à quelques commentaires sur la pièce qui se joue, mi-intrigué mi-émerveillé par ce qu'il y découvrait.

Une fois atteinte l'autre rive, et comme il était d'usage bien souvent, les deux voyageurs convinrent de continuer leur périple de concert. La région n'était pas sûre et voyager en groupe pouvait parfois suffire à décourager les brigands les moins téméraires. Corso avait bien tenté de connaître la destination de l'autre, mais les réponses plus qu'évasives l'avaient vite dissuadé de se montrer indiscret. Tout juste s'était-il présenté sous le simple nom de Christian. L'important étant qu'ils semblaient tous deux se diriger dans la même direction. La progression vers le nord, par la vallée de la Durance, n'étant pas des plus faciles, ils décidèrent de prendre le chemin de Ganagobie. Là, le prieuré leur offrirait un asile pour la nuit. Prenant rapidement de la hauteur, ils eurent vite une vue spectaculaire sur la vallée. Au loin, les pénitents des Mées, ces roches qu'on disait l'incarnation d'anciens moines un peu volages, gardaient le passage vers les Alpes. Le soir tombait quand ils atteignirent le monastère. Les vêpres prenaient fin. Un repas chaud les attendrait bientôt ainsi qu'un abri pour la nuit.

Le prieur, le père Gaffarel, n'était pas un inconnu pour Corso. Du moins celui-ci avait-il souvent entendu parler du prêtre. Érudit à l'esprit très ouvert pour l'époque, il avait été choisi par le roi Louis XIII comme conseiller lors des différends avec les protestants. Par le cardinal de Richelieu, ensuite, comme bibliothécaire, avant de prendre possession de ce prieuré. L'endroit était dans un état très avancé de délabrement, depuis que des huguenots s'en étaient emparés quelques décennies plus tôt : le seigneur des lieux avait alors choisi d'en détruire les parties supérieures pour dissuader quiconque de s'y installer sans son consentement...

L'endroit avait bien meilleure allure depuis que les moines en avaient repris possession. La traversée des vignobles et des oliveraies, avant l'arrivée au monastère, en attestait. C'était un véritable petit paradis qu'ils s'étaient bâti sur ces hauteurs, à l'abri du tumulte de la vallée. L'accueil y fut plus que chaleureux pour les voyageurs. On les invita à se reposer de leur périple avant de prendre part au repas du soir.

Ensuite, à sa demande, Corso put s'entretenir avec le prieur. C'étaient des moments privilégiés, pour lui, que ces échanges avec des personnages hors du commun. À la demande du cardinal de Richelieu, le père Gaffarel avait passé ces dernières années à Venise. Corso avait également des attaches dans cette ville, où il vécut une grande partie de son enfance, et qu'il avait dû quitter précipitamment quelques années plus tôt. Des années qui lui paraissaient maintenant une éternité. Ce n'était pourtant pas le seul point commun entre les deux hommes. Jacques Gaffarel était en effet le précurseur de la *cabale chrétienne*, une science initiée par l'illustre Pic de la Mirandole et qui se voulait un pont entre les religions, les spiritualités et les hommes en général. C'était cet esprit universel qui fascinait le plus Corso, lui-même grand voyageur et passionné de nouvelles cultures. Comment un simple marin pouvait-il entretenir une telle soif de connaissance et d'échanges ? Et qui dit qu'un tel esprit devait être l'apanage des grands de ce monde, bien souvent plus préoccupés par leur propre bien-être ?

En outre, le prêtre savait faire partager ses idées, avec des mots simples et pourtant si riches de sens. Corso sentait qu'à son contact de nouvelles portes s'ouvraient, lui permettant de mieux comprendre ce monde qui l'entourait et pouvait paraître si étranger au profane. Car loin de se fermer à la connaissance, les tenants de l'église s'en étaient en réalité toujours fait les protecteurs, allant jusqu'à en refuser l'accès aux non initiés, y compris par des moyens assez peu humains parfois, c'est vrai. Ce qui n'était de toute évidence pas le cas du père Gaffarel, dont le moindre talent n'était pas de diffuser cette connaissance de manière accessible. En outre, la correspondance épistolaire qu'il partageait avec les grands esprits de son époque, Gassendi, Peiresc... lui donnait accès à une vaste palette de sujets à partager, et ce fut avec simplicité qu'il écouta en retour les récits de Corso.

Même si elle était la bienvenue, la nuit ne fut pourtant pas aussi calme que Corso l'aurait souhaité. Sensible aux bruits environnants, il s'était laissé capter par les hurlements des loups au lointain, lorsqu'un autre son l'intrigua. Parmi la symphonie animale, celui-ci lui échappait totalement. Ses multiples voyages l'avaient pourtant habitué à bien des étrangetés, mais celle-ci le laissait perplexe.

Ce hurlement aurait pu être celui d'un loup, mais n'en était pas un, Corso en aurait juré. Sortant de sa cellule pour mieux tenter d'identifier cette anomalie, le marin put se rendre compte qu'il n'était pas seul à ressentir ce malaise : son compagnon de route était là également, scrutant l'obscurité. Les deux hommes restèrent ainsi un moment, ne sachant trop que dire ni comment partager l'étrangeté du moment, puis regagnèrent l'abri des murs, toujours silencieux.

Après le petit déjeuner en compagnie des moines, Corso eut de nouveau l'occasion de s'entretenir avec le père Gaffarel. Cette fois, la discussion porta sur les événements de la nuit :

- « Les gens de la région, expliquait le prieur, sont à la fois armés d'un bon sens à toute épreuve et d'un besoin d'apporter du merveilleux à ce qui les entoure. C'est leur manière de donner un sens à la vie parfois misérable qui les attend ici-bas. Ce que vous avez entendu cette nuit, ou cru entendre, peut sans doute s'expliquer de bien des façons. Si vous interrogez les forestiers des environs, ils vous parleront sans doute de bête faramine. Peut-être même s'emploient-ils déjà à mener battue pour la retrouver. Alors qu'en réalité il ne s'agit probablement que d'une mauvaise plaisanterie, ou plus simplement de la curieuse façon, déformée par le vent, dont nous est parvenu un son pourtant bien ordinaire en ces contrées : le cri d'un loup. »

Bien que le prêtre resta campé sur ses positions, il n'écouta pas moins avec intérêt les récits du marin sur les rencontres peu ordinaires dont il avait pu faire l'objet, en Orient en particulier. S'il doutait de l'existence de créatures fabuleuses en ces lointaines contrées, il n'en laissa rien paraître. Peut-être agissait-il ainsi simplement par politesse envers son invité, ou peut-être encore ne voulait-il pas heurter les convictions de celui-ci. À moins, enfin, qu'il eut lui-même quelque idée de ce qui pouvait se cacher derrière les apparences, et n'en laissait rien voir.

Corso, de son côté, avait ressenti comme un appel cette allusion aux forestiers des environs. Était-ce délibéré de la part du prêtre ?

Peu importe. Il allait occuper cette matinée à explorer les environs du prieuré, cédant une fois de plus à cette curiosité qui lui avait déjà valu tant de péripéties par le passé.

Laissant les occupants des lieux à leurs tâches, il reprit à pied le petit chemin qui menait à la vallée, s'en écartant très vite pour partir à l'aventure. Il avait pris soin de s'équiper contre le froid mordant aussi bien qu'en cas de mauvaise rencontre avec les loups qui ne manqueraient pas d'infester les lieux, pensait-il. Ce furent pourtant aussi bien ce froid qu'une sourde appréhension qui l'accompagnaient dans ce périple à travers bois.

Il déboucha bientôt dans une clairière d'où émanaient des voix lui parvenant depuis un certain temps déjà. Le ton était très vif et empli d'émotion, semblait-il. Un groupe d'hommes était réuni là, assez pauvrement vêtu, chacun haranguant les autres à tour de rôle. Les sangs s'échauffaient :

- ...Il m'en a pris un ce matin. Tant que ça n'était que du gibier volé dans les collets, ça pouvait passer, mais là, il est allé trop loin !

Les voix se turent un instant à l'approche de l'étranger, mais bien vite la colère reprit le dessus. Après s'être présenté, Corso fut même rapidement pris à partie. Bien qu'il craignit un instant d'être lui-même soupçonné des méfaits dont les témoignages fusaient, il n'en fut rien. Le marin en profita pour en apprendre davantage.

- La bête, reprit un homme au teint rougi par l'émotion autant que par le froid, elle nous en a encore pris un, ça ne peut plus durer !

- Cette bête, s'enquit Corso, est-elle si terrible que les chiens ne puissent en protéger vos troupeaux ?

- De quels troupeaux parlez-vous, Monsieur ? On n'a pas de bétail ici, on ne vit que de la chasse, et de ce qu'on peut trouver.

- Mais alors... que vous a-t-elle pris ?

Alors qu'un silence pesant s'installait, le petit groupe s'écarta, laissant apercevoir ce qu'il restait d'un petit corps : un enfant. La petite créature avait visiblement subi des violences inouïes avant de périr ainsi.

- Ne serait-ce pas plutôt l'œuvre des loups ? hasarda Corso, un tremblement d'émotion dans la voix

- Allons bon, les loups se seraient pas hasardés jusque là alors qu'on y était. Ils savent trop bien ce qui les attendrait. Non, cette bête se rit de nos pièges, elle arrive à se faufiler parmi nous pour venir s'en prendre à nos familles. Cette bête, c'est le diable !

- ...et puis regardez, repris un second, piqué au vif par les allégations de cet étranger.

Il se pencha sur le petit corps, montrant des traces de morsures impossibles à confondre : sans nul doute des traces de dents humaines.

- Le petit n'a même pas eu le temps d'appeler. Il

aura été assommé avant que d'être dévoré. Quel animal pourrait bien faire ça ?

Corso devait bien admettre l'étrangeté de la situation. L'affaire ressemblait en effet tout autant à un meurtre qu'à l'attaque d'une bête sauvage. Jetant un œil alentour, il ne put que confirmer ses craintes : la neige qui tombait encore avait recouvert toutes traces.

- Ne croyez-vous pas, reprit-il pourtant, qu'on aurait pu l'assassiner, quelles que soient les raisons qui pourraient pousser à tuer ainsi un enfant, avant d'abandonner son corps aux bêtes sauvages ?

Corso tentait de comprendre, de redonner un sens quelconque à cette scène à laquelle il assistait.

- On l'a tué, dam oui, mais aucun loup n'est responsable de ce que vous voyez là. Cette bête est là, quelque part autour de nous, prête à recommencer à la prochaine occasion, si on lui en laisse le temps.

- Vous me semblez connaître cette... bête, s'interrogea Corso. Est-ce que par hasard l'un d'entre vous l'aurait déjà vue ?

Tous se tournèrent alors comme un seul homme vers l'un d'entre eux, resté silencieux jusque là.

- Pour sûr que je l'ai vue, partit l'intéressé. Comme je vous vois, et je peux vous dire que ça n'a rien d'un loup. Tout juste, peut-être, le pelage : noir, raide... effrayant. Pour le reste, elle peut aussi bien se tenir debout, comme vous et moi, ou courir comme un animal sur ses quatre pattes. Des griffes comme des lames, et ses yeux, Bon Dieu, ses yeux...

L'émotion empêchait l'homme d'en dire

davantage, et le silence retomba, respecté par ses compagnons. Corso aurait aimé en apprendre davantage, mais compris vite qu'il ne gagnerait plus rien à insister. Aussi laissa-t-il les hommes aux préparatifs de leur prochaine battue nocturne, après un dernier regard au petit corps meurtri qu'on se préparait à emporter. Il fallait savoir. Il fallait comprendre. Il en aurait le cœur net.

De retour au prieuré, Corso passa le reste de la journée parmi les manuscrits compilés par les occupants des lieux. Il ne doutait pas de trouver des écrits concernant l'affaire à laquelle il venait d'assister, et ne fut pas déçu. Depuis bien longtemps déjà, on s'interrogeait sur les limites de la nature humaine, et ce qui nous séparait de l'animal. Les traces et témoignages de ces créatures évoluant à la frontière de l'âme humaine ne manquaient pas. *Lycanthropes*, dans les textes repris de la Grèce antique, *garous* au moyen-âge ou *loups-garous* dans les écrits plus récents, la créature avait fait couler beaucoup d'encre, et continuerai encore, on pouvait en gager. Et voilà que lui, Corso, se trouvait confronté à l'une de ces monstruosités, semblait-il. Il n'aurait su dire laquelle, de l'horreur ou de la curiosité, était la plus forte.

L'étape suivante, pour Corso, consistait à se faire admettre parmi les forestiers qui se préparaient pour la battue. Tout en souhaitant secrètement qu'elle fasse chou blanc, en réalité. Le but était avant tout de se familiariser avec les environs, ainsi qu'avec les méthodes des chasseurs, de façon à pouvoir contrecarrer ces dernières et parvenir le premier à appréhender la créature, le moment venu. S'intégrer au groupe ne fut pas chose aisée, mais les échanges qu'ils avaient pu avoir le matin même lui rendirent la chose possible.

C'est ainsi qu'il se retrouva, le soir même, marchant à travers bois dans une campagne noyée sous la neige. De loin en loin, il pouvait apercevoir l'un ou l'autre de ses nouveaux compagnons de chasse, dans une traque surréaliste où le gibier tenait tout autant de l'humain que de l'animal, aurait-on dit... à moins qu'il ne s'agisse d'aucun des deux !

Après quelques heures de cette marche éreintante dans la neige, Corso accueillit avec un double soulagement le signal de la fin, lorsque les différents groupes de chasseurs se retrouvèrent en un même point, bredouilles. La capture n'était pas pour cette nuit, mais Corso en connaissait suffisamment maintenant pour mener ses propres recherches, priant secrètement pour qu'aucune attaque n'ait lieu avant qu'il ait pu les mener à leur terme. Bien heureusement, la suite devait lui donner raison.

De retour au prieuré, où il avait prévenu de ses intentions nocturnes, il fut accueilli par son compagnon de route. Celui-ci s'était montré d'une discrétion exemplaire, depuis leur arrivée, et le retrouver dans ces circonstances fut presque une surprise. En outre, Christian se montra étonnamment curieux sur les recherches entreprises par Corso. Le marin, de son côté, n'avait pas cherché à trop en savoir sur leurs occupations respectives durant leur séjour, et ce fut pour lui l'occasion de se découvrir un intérêt commun pour les mystères entourant ces lieux. Ils tombèrent rapidement d'accord sur l'idée de se retrouver le lendemain afin d'étudier le meilleur moyen d'approcher la créature.

C'est ainsi qu'ils passèrent la journée suivante, chacun à sa façon, enfiévrée pour l'un, toujours très détachée pour l'autre, à mettre au point leur plan d'action pour la nuit à venir.

Ainsi, le moment venu, s'embusquèrent-ils non loin de l'endroit où avait eu lieu la précédente attaque de la bête. Cette fois, l'idée n'était plus de battre la campagne, mais bien de l'attirer par quelque pièce de viande appétissante là où l'on souhaitait la capturer. Tout cela, bien sûr, en tenant compte d'éventuelles habitudes de chasse de la créature. C'était de là qu'étaient partis les chasseurs pour la battue de cette nuit, et donc là que la bête se saurait en sûreté, à présent. L'attente fut longue, ils s'en doutaient, et c'est alors qu'ils croyaient eux-mêmes périr de froid qu'elle porta ses fruits. Un grognement les avait sortis de la léthargie dans laquelle ils s'enfonçaient lentement, sans même s'en rendre compte. Le temps d'encercler l'endroit où leur piège était tendu, et déjà la place était vide. Les grognements semblaient se déplacer, à présent, tournant autour de leur affût. De concert, ils décidèrent de tenir la position, attendant une attaque qui maintenant tardait à venir. Se dissimulant de leur mieux, ils attendaient encore... et le silence revint. La bête ne semblait plus décidée à attaquer. Quittant enfin leur poste, ils partirent à sa recherche, pistant le moindre indice qui leur permettrait de la retrouver dans cette froide obscurité.

Alors ils la virent...

Le visage se découpait dans le clair de lune. Le reste du corps, lui, restait à demi dissimulé dans la pénombre de la végétation environnante. On le devinait pourtant aussi velu que l'était la tête de la créature. Entièrement recouverte d'un crin très sombre, elle ne laissait voir que ces deux yeux presque humains. Presque seulement : la lueur qui en émanait aurait plutôt paru animale si une bête avait pu exprimer autant de haine.

La créature ne laissa pas à Corso le soin de l'examiner davantage. De la position accroupie qu'elle occupait jusque là, elle bondit aussitôt sur les importuns qui venaient la déranger en plein repas. Malgré un vif mouvement de recul, Corso ne put entièrement esquiver l'attaque de la bête. Il se trouva vite projeté en arrière, les dents de l'animal à quelques pouces de sa gorge.

En un éclair lui revinrent en mémoire les préventions qu'il avait pu lire contre ces attaques de loups-garous : une telle morsure pouvait non seulement se montrer dangereuse en elle-même, mais surtout transmettre la maladie qui ferait de lui un homme bête à son tour. Ce fut peut-être cette perspective qui lui conféra le regain de force sans lequel il n'aurait eu aucune chance d'en réchapper, devait-il penser rétrospectivement. Dans un élan désespéré, il repoussa l'assaut de la bête, qui fut projetée à son tour contre l'arbre le plus proche. Le répit qui s'ensuivit, avant qu'elle ne reprenne ses esprits, fut promptement mis à profit par les deux compagnons pour parvenir à l'immobiliser.

Corso avait tout loisir de l'observer, à présent : en réalité s'agissait-il probablement d'un jeune spécimen, au vu de sa taille et de sa morphologie. La physionomie aurait pu être celle d'un adolescent humain, ne fut cette pilosité dérangeante sur l'ensemble du corps. Ainsi entravée par leurs soins, la créature ne paraissait plus si terrible. Seules les convulsions de rage qui l'animaient encore de temps à autre persistaient à lui conférer un semblant de dangerosité. Des convulsions que le simple contact de Christian parvenait à calmer par moment, laissant leur prisonnier comme apaisé. Corso s'en voulait presque à présent d'avoir mené une telle expédition pour une si pitoyable créature. Presque un enfant, en fait.

Une nouvelle pensée le ramena à l'instant présent : qu'adviendrait-il de la chose si les forestiers la trouvaient à leur tour ? Ils n'hésiteraient sans doute pas une seconde à l'abattre comme un chien enragé. Il lui semblait soudain qu'il venait de permettre qu'une telle chose puisse arriver. De chasseur, il se sentait soudain investi de la protection de cette créature sauvage. S'il s'agissait bien d'un animal, son destin ne faisait aucun doute, mais s'il existait sous ce sombre pelage une quelconque trace d'humanité, n'avait-elle pas droit à un procès ? L'affaire ne pouvait se résoudre sous le coup de la colère. Il devenait urgent de l'abriter le temps que se calment les passions, et pour cela, un seul endroit possible : le prieuré !

Déjà, des environs leur parvenaient des bruits indiquant que leur escarmouche avec la bête n'était pas passée inaperçue. Les chasseurs revenaient vers eux maintenant. Traînant derrière lui la pitoyable créature qui tentait encore de se débattre non sans hargne, Corso cherchait son chemin à travers les fourrés. Son compagnon s'orientait visiblement avec plus d'aisance et leur ouvrait la voie. Tout ici était recouvert du même manteau neigeux à peine perceptible dans la nuit. Seule la lune, à présent à son zénith, venait éclairer ce paysage uniformément gris. Les chasseurs semblaient gagner du terrain sur eux, avantagés qu'ils étaient par leur connaissance de la région. Corso sentait le sang battre à ses tempes : la fatigue, l'excitation de la chasse, d'abord chasseur puis maintenant gibier, lui semblait-il. Tout cela s'emmêlait dans son esprit, qu'il laissa bientôt lui échapper pour se consacrer à cette ultime quête : atteindre le prieuré avant les chasseurs, et y demander le droit d'asile pour lui et son prisonnier. C'était là sa dernière chance : laisser la créature aux mains des forestiers la condamnait immanquablement à mort. Tenter de lui obtenir un procès revenait sensiblement au même : quel juge prendrait la peine de défendre un tel monstre et risquer ainsi de s'attirer la colère des habitants ?

La créature avait tué, le fait était indéniable, et même mangé de la chair humaine. Le crime était des plus atroces, mais les circonstances dans lesquelles elle avait dû survivre et qui l'avaient poussée à de tels actes devaient, elles aussi, être prises en compte dans un jugement équitable. À cela, une seule alternative : la protection de l'Église, ou tout au moins du père Gaffarel. Corso avait besoin de se fier à cet homme, qu'il voyait ouvert et tolérant, mais qu'il espérait aussi prêt à braver tant la population que le clergé pour une cause qu'il croyait juste. Corso ne pouvait admettre qu'il s'était trompé sur le compte d'un tel homme. Bientôt serait-il fixé... si ses jambes daignaient encore le porter à ce train d'enfer vers les hauteurs de Ganagobie.

Plus que quelques mètres, là, et ils seraient en sécurité. Quelques mètres de trop : déjà leurs poursuivants les rattrapaient, enhardis par leur victoire prochaine. Voilà qu'ils s'apprêtaient à les encercler, à présent, lorsque se mirent à résonner les cloches du prieuré. Entre ses paupières brûlées par la sueur, Corso pouvait voir comme dans un rêve, les portes de la bâtisse s'ouvrir et les moines en sortir pour venir à eux, les entourer, les escorter enfin vers l'asile tant espéré de ces murs. Alors put-il céder à la fatigue et s'effondrer, terrassé par l'épuisement. Rien, dorénavant, n'avait plus la moindre importance. Le sort de son protégé ne dépendait plus de lui.

Durant les jours qui suivirent, Corso ne pouvait s'empêcher de venir observer cette étrange créature, à présent recluse dans le prieuré. Prostrée dans la cellule où l'on avait jugé bon de l'isoler du monde extérieur, elle avait abdiqué toute velléité agressive. Son aspect en particulier, cette surprenante pilosité, le ramenait immanquablement à l'étrange affaire qui avait fait couler tant d'encre au siècle précédent : celle du « *sauvage du roi* ».

Le roi en question n'était autre que Henri II, et le sauvage, une créature similaire dont le monarque s'était entiché et dont l'histoire se souviendrait sous le nom de *Petrus Gonsalvus*. À la différence de la triste histoire à laquelle il venait d'être mêlé, celle de Petrus tenait plus d'un conte de fées, du moins dans ses débuts, lorsque le roi lui offrit sa protection ainsi qu'une éducation princière. Il devint ainsi le premier cas étudié d'*hypertrichosis lanuginosa*, cette maladie qui infligeait à sa victime une pilosité surabondante, et cet aspect effrayant. Un mal que Corso suspectait volontiers être à l'origine de nombre de ces histoires de loups-garous. Combien de pauvres hères s'étaient-ils ainsi retrouvés bannis de leur communauté et poussés par leur condition à des comportements monstrueux ?

Voilà ce qu'il était sans doute advenu de cette créature qu'il avait maintenant sous les yeux, abandonnée de ses proches et réduite aux pires extrémités pour survivre, mue à présent par la haine des siens, unique sentiment qui lui était encore accessible. Corso s'était trouvé confronté, plus souvent qu'à son tour, à des situations où le fantastique le disputait au rationnel, mais rien ne le laissait plus perplexe que de voir à quoi l'homme pouvait être poussé par l'ignorance et la peur de l'autre.

Quelques longues discussions avec le père Gaffarel ponctuèrent le reste de son séjour au prieuré. De longs échanges sur leurs approches réciproques des mystères que réservait ce monde. En réalité, Corso tenait avant tout à être rassuré sur le sort réservé à la créature dont la vie venait d'être épargnée, mais pour combien de temps encore ? Nul, dans les environs, ne s'était manifesté pour revendiquer une quelconque parenté avec ce pauvre diable, et ne le ferait sans doute jamais. Personne ne pouvait prédire quel serait son avenir parmi les hommes, mais entre quelles meilleures mains que celles de ces moines pouvait-il tomber ?

Il observa également avec intérêt la façon dont les moines se rapprochèrent de la population environnante pour apaiser les rancœurs et le chagrin causés par cette incroyable histoire, qui bien vite trouverait sa place parmi les légendes du cru, de toute évidence.

Enfin, le moment vint pour les deux compagnons de reprendre la route. Sur le chemin qui l'éloignait de Ganagobie, Corso repensait au fameux Gonsalvus de l'histoire. Si on le savait aujourd'hui décédé, il se demandait ce qu'il était advenu de sa descendance.

L'une de ses filles, Tognina, aurait ainsi hérité de cette malédiction. Qu'était-elle devenue ? Vivait-elle toujours quelque part près du lac Bolsena, en Italie, comme le disaient les chroniques ? Voilà qui ferait volontiers l'objet d'un prochain voyage, il se le promettait.

Éclipse Vitae

On pourra remarquer que la plupart des récits de Corso font avant tout la part belle à l'action et la découverte du monde à cette époque. Le personnage lui-même et sa vie n'y apparaissent finalement qu'en filigrane. Voilà qui permettra sans doute d'en apprendre un peu plus sur les raisons qui poussèrent Corso à cette vie si particulière d'aventures et de quêtes. Quels rêves d'enfant (ou quels cauchemars) ont pu le mener si loin ? Quels secrets desseins l'auront poussé ainsi à écumer cette mer Méditerranée (et bien d'autres) ?

Ce sont parfois des événements inattendus qui nous permettent de (re)découvrir par nous-mêmes ce qui peut pousser à une vie d'aventure.

Juin 1639. Le soleil des Cyclades baignait déjà la *baie de Naoussa*, au large de Paros, quand Corso s'éveilla tout à fait. Il n'était pas dans ses habitudes de dormir si tard, mais la nuit avait été difficile pour le marin. Il se laissa balancer un moment encore par la houle berçant son navire, un petit chebec à la mode levantine si commun dans cette région orientale de la Méditerranée. Moins, peut-être, en Provence, d'où Corso était originaire, ou même à Venise où il avait grandi. Pourquoi ce surnom de Corso ? La course, bien sûr. C'est ainsi que l'on nommait cette chasse perpétuelle entre corsaires et pirates à travers la Méditerranée.

L'homme avait passé sa vie à écumer cette mer en quête d'aventures. Comme sur d'autres océans, c'est vrai, mais c'est là qu'il se sentait chez lui. Il avait tout d'abord fait ses armes dans la marine vénitienne, avant de se faire corsaire. Devenir commerçant, comme son père et son oncle avant lui, ne l'avait jamais vraiment intéressé. Il s'était pourtant fait une place, par la suite, en tant que chasseur de reliques. Le commerce était assez lucratif auprès du clergé comme des collectionneurs.

La quête qui l'avait mené ici, en Morée, s'était montrée épuisante pour le marin, qui n'aspirait plus qu'à un peu de repos avant de rentrer en Provence. Le prieur de Ganagobie, Jacques Gaffarel, devait attendre impatiemment de ses nouvelles. Ce n'était pas en tant que conseiller du roi Louis XIII ou que bibliothécaire du cardinal de Richelieu que le prêtre faisait appel à Corso, mais à titre personnel. Corso s'était fait une spécialité de résoudre de bien étranges intrigues et de trouver l'introuvable, là où nombre d'autres avaient échoué.

Mais pour l'heure, il lui fallait se débarrasser de ces bribes de rêve qui le retenaient encore à la nuit.

Toujours ce même cauchemar. Très jeune, alors qu'il est encore Benjamin Bonaventure et pas encore Corso, il se retrouve à bord de ce navire, une polacre marchande, sans doute. Pourquoi sa famille entière accompagne-t-elle son père dans ce voyage ? Peut-être l'a-t-il su, mais le souvenir lui échappe. Sous ses yeux, c'est la Méditerranée qui s'offre à lui. Ses îles, ces cieux immenses... Corso sait déjà qu'il passera sa vie à parcourir cette mer. À bord, tous paraissent heureux de ce voyage. Probablement sont-ils en chemin pour Venise. La route lui semble familière. Eh puis ? Eh puis, plus rien...

Lorsque le jeune Benjamin reprend conscience de ce qui se passe autour de lui, il est seul. Seul sur ce navire. Enfin, quelques passagers réapparaissent les uns après les autres, l'entourant, tentant de le réconforter. Mais les siens ne sont plus là...

Vient alors le moment du réveil et des questions sans réponses. Bien plus qu'un rêve, des bribes de souvenirs de ses premières années. Peut-être Corso aurait-il dû parler de tout cela à son oncle, celui qui était devenu son père adoptif à son arrivée à Venise. Pourquoi ne l'a-t-il jamais fait ? Et pourquoi son oncle n'a-t-il jamais abordé le sujet, de son côté ? Par pudeur, peut-être, chacun tentant d'oublier l'événement.

À présent, Corso ressentait le besoin de comprendre. Il devait se débarrasser de ce cauchemar qui venait le hanter, nuit après nuit. Qu'avait-il bien pu se passer ce funeste jour du 12 octobre 1605 ?

Il n'aurait de cesse d'avoir éclairci cette énigme qui le touchait de si près, et reviendrait à lui tant qu'il ne l'aurait pas élucidée, il en était convaincu.

Retourner chercher des réponses à Venise ne lui était pas encore permis. Des événements passés voici quelques années dans la cité des doges, où il ourdit l'évasion d'un prisonnier des plombs, ne l'autorisaient pas à y reparaître la tête haute. Le temps, sans doute, ferait son œuvre...

Pour l'heure, Corso devait rentrer en Provence. Des affaires l'attendaient là-bas, peut-être aussi des réponses.

Le petit chebec avait repris la mer. Sa faible taille lui permettait de naviguer avec un équipage réduit, constitué pour l'occasion des quelques hommes que lui avait confiés le chevalier Paul, avec qui il avait fait ce dernier voyage. Avant de reprendre la lutte contre l'Espagnol, le célèbre corsaire envisageait un détour par les îles de Lesbos, d'où il escomptait bien régler certains contentieux avec l'Empire ottoman. L'affaire ne semblait pas l'impressionner outre mesure.

Corso, lui, avait mis le cap sur le ponant. Son inséparable comparse, le Malouin, le secondait à la manœuvre. Corso ne se lassait pas de cette vie de liberté en mer, sans entraves ni contraintes d'aucune sorte. Simplement vêtu d'une chemise et de chausses, les pieds nus, la tête uniquement protégée d'un foulard, il savourait cette absence d'étiquette, celle qui contraignait les puissants dans leur tenue comme dans leur comportement en toutes circonstances. Ici, sur le pont de son navire, il était seul maître à bord... maître de sa propre destinée.

Après une brève escale sur l'île de Malte, tant pour se ravitailler que pour se placer sous la protection des chevaliers de Saint-Jean de Jérusalem, ennemis jurés des pirates barbaresques, Corso remit le cap sur la Provence. Martigues, puis Aix-en-Provence et enfin Ganagobie, il était attendu.

De passage en Aix-en-Provence, Corso savait qu'il ne pouvait plus espérer recevoir de réponses de son ami et mentor Nicolas-Claude Fabri de Peiresc. Celui-ci était décédé, voici deux ans maintenant, laissant un grand vide dans la communauté scientifique. À différentes reprises, Corso avait eu l'occasion de collaborer avec Peiresc, partant en quête de telle ou telle ancienne relique sur les indications de celui-ci.

Se rendant pourtant à l'ancien hôtel du savant, il fut surpris d'y découvrir une certaine effervescence. Un groupe de chercheurs s'était réuni là, autour de l'illustre Gassendi. Ils étaient arrivés plus tôt pour étudier l'éclipse prévue ici le jour même. Quel meilleur hommage pouvait-on rendre à Peiresc, le « prince des curieux », que de perpétuer ici les études qui lui tenaient tant à cœur !

Corso eut bien quelques difficultés à se rappeler au bon souvenir de l'astronome, mais l'ancienne amitié qui unissait les savants fit rapidement tomber les barrières. Avec sa simplicité et sa gentillesse habituelle, Gassendi prit alors le temps d'expliquer au marin l'objet de leurs recherches : une éclipse de Soleil. L'astre du jour s'était momentanément dissimulé derrière celui de la nuit, pour ne plus laisser paraître qu'une couronne rappelant sa majesté occultée. Fidèle à son habitude, Corso ne perdait pas une miette des explications du phénomène.

Gassendi avait encore parlé à Corso de la chute de Constantinople, près de deux siècles plus tôt. La prise de la grande capitale d'Orient, par les hordes ottomanes, fut bien l'événement qui fit basculer l'histoire vers l'hégémonie turque dans cette partie du monde.

Or on dit qu'après avoir résisté vaillamment à trois assauts successifs, les défenseurs de la ville furent pris de panique quand la lune disparut presque entièrement de ce ciel nocturne du 22 mai 1453. Un signe de la fin pour l'Empire byzantin ? Quoi qu'il en soit, une semaine plus tard, la cité tombait aux mains des ottomans, en prélude à leur irrésistible expansion.

Depuis un moment déjà, tout en écoutant ces explications, Corso sentait sourdre un étrange sentiment. Interrompant finalement l'astronome de la manière la plus courtoise qu'il le put, il se décida enfin à lui poser la question qui lui brûlait les lèvres :

- Vous souvient-il qu'un semblable événement put se produire il y a de cela quelques années, admettons... au mois d'octobre de l'an 1605 ?
- Une éclipse ? Si fait !

Le savant cita de mémoire :
« 1605, le mercredi 12 octobre, environ 12 heures, fit une éclipse de Soleil qui dura environ demy heure avec que pareille obscurité qu'on croit le matin encore nuit comme l'aube commence à se lever. »

Pris d'un soudain malaise, Corso s'excusa avant de prendre congé des savants. Dans son esprit venait de se former le lien qu'il n'espérait plus. Voilà qui était singulier. Le 12 octobre 1605. Les images lui revenaient en mémoire. Une éclipse totale !

Ce jour-là, le soleil avait entièrement disparu, alors qu'il aurait dû se trouver à son zénith. Pendant cette demi-heure qui avait paru une éternité, le monde s'était arrêté. Profitant de cette noirceur inhabituelle, les monstres avaient envahi le navire, tuant ceux qui tentaient de se défendre, emportant les autres. Corso pouvait voir à présent le visage de ces créatures de cauchemar, ces faciès hideux dont la vue paralysa l'enfant qu'il était sur le pont du navire, avant qu'un réflexe ne le précipite à l'abri sous un amas de voiles affalées. Ainsi donc, l'éclipse avait elle-même occulté cet événement pourtant si marquant de la vie du jeune Benjamin.

Les traits des assaillants se précisaient à présent, du moins la plupart. D'autres garderaient encore longtemps cet aspect monstrueux, mais Corso avait rencontré suffisamment de choses étranges durant ses voyages, en Orient ou ailleurs, pour ne pas s'en offusquer.

Leurs visages revenaient, donc, ainsi que leurs accoutrements...le sarouel et le turban… des Barbaresques !

C'était, à l'époque, le premier contact du jeune Corso avec ces forbans. Il avait ainsi découvert que ces hommes, de toutes nationalités, se regroupaient en équipages pirates à la recherche de butins et de prisonniers. Certains de ces derniers, les plus riches, seraient échangés contre rançon, les autres revendus comme esclaves dans les bains barbaresques.

Ainsi, c'était ce qu'il advint des siens. Emportés par les pirates. Aucune demande de rançon, son père n'avait ni véritable fortune ni sang noble. Corso tenait à présent la réponse, qui appelait à son tour tant d'autres questions : qu'étaient-ils donc devenus, depuis tout ce temps ? Enlevés dans les bains barbaresques, en Alger, Tunis ou Tripoli ? Étaient-ils toujours en vie ?

De nouvelles quêtes s'ouvraient pour le corsaire. Il devait savoir. Il devait les retrouver. Le temps ne comptait plus, seule cette perspective aurait un sens pour lui, dorénavant.

L'appel du Doppel

Jusqu'à quel point la colère, comme toutes ces émotions que nous devons parfois refouler, peut-elle se manifester malgré tout et nous pousser à des actes dont nous ne nous pensions pas capables ? Est-ce bien nous-mêmes qui agissons alors ou bien une volonté indépendante ?

Bien des « savants » ont tenté de répondre à ce type de questions. La tradition populaire a elle aussi une approche du problème, par le biais des contes et légendes. Qui a raison, au final ? Ne sont-ce pas là différentes manières d'aborder une réalité dont la globalité nous échapperait et dont on ne pourrait exprimer qu'une facette à la fois ?

Quelques-uns auront la chance (ou la malchance) de l'expérimenter par eux-mêmes. Une expérience qui ne peut que laisser des traces indélébiles, sans aucun doute.

Une fois de plus, Corso dut se concentrer pour se souvenir où il se réveillait. Ce n'était pas inhabituel pour un marin que d'ouvrir les yeux quelque part au bout du monde. En tout cas, au bout de la Méditerranée, correspondant encore en cette fin de renaissance aux limites courantes des voyageurs. À bien y penser pourtant, Corso n'était pas en terre inconnue. Cela lui revenait à présent : il était pour ainsi dire chez lui, en Provence. Dans une auberge de Martigues, plus précisément.

Corso attribua ce manque de repères à deux raisons. L'âge, tout d'abord. Il venait de passer la quarantaine, d'une vie pleine d'aventures et de dangers, ce qui était tout de même considérable si l'on songeait que nombre de ses congénères n'arrivaient pas jusque là, ou à peine. Mais une deuxième raison lui vint aussitôt en tête. Il se sentait calme, apaisé. Quoi de plus étonnant quand il se souvenait de l'état d'esprit dans lequel il était revenu de la ville d'Aix, quelques jours plus tôt ? Là-bas, un événement d'importance lui était revenu en mémoire. Un fait qu'il avait occulté durant son enfance et qui avait ressurgi à la faveur d'un phénomène peu banal : une éclipse.

Bien des années plus tôt, c'était lors d'un tel événement que sa famille entière avait disparu en mer, le laissant très jeune livré à lui-même. À partir de cette révélation, les faits précis s'étaient enchaînés dans sa mémoire jusqu'au dénouement : la capture des siens par les Barbaresques. Où furent-ils emmenés ? Étaient-ils encore vivants ? Il n'en avait bien sûr pas la moindre idée. Mais depuis lors, une colère sourde était montée en lui telle qu'il n'en avait probablement jamais connu. Cette rage ne l'avait plus quitté depuis. Jusqu'à ce matin.

Depuis, plus rien. Avait-il soudain trouvé la paix après ces quelques jours de tempête ? Et par quel miracle ? Il en doutait. Peut-être ne pouvait-il tout simplement pas admettre que l'émotion causée par la perte des siens s'était envolée, effacée par la nuit ? Non, il lui fallait trouver une explication. Pour l'heure, une nouvelle quête l'attendait. Il lui fallait tout d'abord récupérer son navire au mouillage dans le port.

Après avoir quitté l'auberge et longé les quais, une surprise l'attendait : La Murene, son navire, la prunelle de ses yeux, n'était plus là. L'affaire était d'importance. Comment un navire pouvait-il quitter le port sans son capitaine ? Pourtant tout semblait en ordre et personne n'avait trouvé à redire lorsque celui qui semblait s'être fait passer pour lui avait décidé de quitter Martigues avec son bien le plus précieux.

Décidé à percer ce mystère, il se précipita vers le relais marquant la sortie du port. Là, il pourrait se procurer une monture. Remontant alors au triple galop la berge vers l'embouchure où le canal se jetait dans la Méditerranée, il parvint bientôt face à cette bâtisse abritant les sombres geôles de Martigues : la Tour de bouc. De cet étroit goulet donnant sur la mer, il n'eut que le temps d'entrevoir La Murene qui venait de déboucher vers le large. Du moins pourrait-il tenter d'apercevoir le voleur à son bord. Pointant sa longue vue vers le pont du chebec, il manqua en laisser choir l'instrument lorsqu'apparut à travers l'optique le visage de l'homme. Comme dans un mauvais rêve, il venait de se reconnaître lui-même aux commandes du navire.

Alors qu'il retournait vers le port à la recherche d'une explication, une étrange idée faisait surface dans son esprit. Au cours de ses longues pérégrinations, Corso avait rencontré bon nombre d'événements extraordinaires, aussi n'excluait-il jamais si facilement les explications que la raison ignorait. Il faut dire également que le *Siècle des lumières* n'était pas encore venu, et l'on était encore très près de ces croyances que l'on qualifierait de superstitieuses.

Voici ce qu'il en était : en ces temps où la guerre pouvait durer trente ans au cœur du Saint-Empire germanique, des légendes du Nord s'exilaient volontiers en même temps que ses ressortissants. L'une d'elles en particulier tentait de se frayer un passage à travers la raison de Corso. Laquelle ?

Là-haut, on les appelait *Doppelgängers*. Ce phénomène pouvait apparaître lorsqu'une trop violente colère vous submergeait. Elle s'incarnait alors dans un double de vous-même. Un double maléfique. Quel rapport avec la situation présente ? La colère de Corso, bien sûr, qui s'était évanouie si soudainement. Et puis comment expliquer, en effet, qu'on avait laissé si facilement un étranger s'emparer de son navire, sinon par le fait que cet étranger, c'était lui-même ? Le plus surprenant, peut-être, étant que rien en l'occurrence ne pouvait s'opposer à ce curieux raisonnement. Une fois de plus pour Corso, seule l'épreuve des faits pourrait venir à bout de cette énigme. Pour cela, il devait retrouver son navire. L'explication suivrait d'elle-même. Où l'autre pouvait-il être parti ? Si son raisonnement était juste, il devait se rendre là où sa colère le guiderait lui-même, l'autre n'étant que l'incarnation de ses propres émotions.

Donc la question devenait : où sa colère devait-elle le mener ? Les bains barbaresques où sa famille pouvait être encore retenue malgré le temps passé ? En Alger, Tunis ? Tout cela était bien trop vague. Une autre destination vint à l'esprit de Corso : Malte. Cet archipel incarnait à lui seul bien des déconvenues survenues ces dernières années, et sur lesquelles Corso ne pouvait revenir sans une certaine amertume. C'est là que ses amis furent emprisonnés voici quelques années, après que l'un d'eux fut tué par la trahison d'un chevalier de Malte, justement. Il semblait également que certains membres de l'Ordre avaient accepté de coopérer lorsqu'il fut lui-même victime d'expériences qui lui laissèrent un souvenir cuisant. Corso pensait avoir tiré un trait sur toutes ces mésaventures, mais il se rendait compte que ce pouvait tout aussi bien être là-bas que sa colère le mènerait. Et son double, par la même occasion.

Trouver un équipage qui le conduirait à Malte ne lui poserait pas de vraies difficultés. Il était connu ici et sa réputation de marin n'était plus à faire. Restait à savoir ce qu'il ferait une fois sur place. En outre, il avait tout le temps de la traversée pour y réfléchir.

Laissant son intuition le guider, comme il avait appris à le faire si souvent, il arriva donc à Malte quelques jours plus tard. Il retrouvait là la forteresse de l'ordre de Saint-Jean de Jérusalem, telle qu'il l'avait laissée dans ses souvenirs. Les fortifications étaient toutefois plus étendues, l'inquiétude quasi paranoïaque des chevaliers les poussant à toujours plus de vigilance. Il fallait accorder à leur décharge que l'ennemi de toujours, l'Ottoman, était toujours maître de la Méditerranée, malgré les revers de fortune qu'il avait subis ces dernières décennies.

Corso ne savait pas vraiment par où commencer ses recherches, sinon par s'enquérir de la présence dans les principaux mouillages de l'île d'un chebec ressemblant à La Murene. Tel ne fut pas le cas. Il s'attendait bien à ce que ses premières investigations ne portent aucun fruit et n'en fut pas surpris. Mais le temps s'écoulait et le marin craignait tout autant de s'être fourvoyé que de laisser l'autre prendre de l'avance sur lui, au risque de perdre sa trace définitivement.

Cependant, au gré de ses recherches sur le pourtour de l'île comme dans les tavernes de la ville, il pouvait lui sembler que ses interlocuteurs se comportaient avec lui d'une façon vaguement familière. Comme s'ils étaient accoutumés à sa présence ici, alors qu'il venait d'y reprendre pied après des années d'absence. Son imagination le guidait-elle sur le fil de ses propres espoirs ? Il lui était difficile de s'en assurer simplement en s'enquérant de sa propre présence dans l'île avant même son arrivée. Peu à peu pourtant, il lui devint évident qu'il était présumé avoir effectué certaines démarches ces derniers jours. En particulier en se lançant à la recherche du chevalier Mensana qu'il ne connaissait pourtant que trop bien. Corso pouvait-il encore tenir rigueur au chevalier de l'avoir trahi autrefois pour obéir aux ordres de ses supérieurs ? Lui, non, mais pourquoi pas ce double dont il était de plus en plus convaincu de l'existence ? Tout concordait à nouveau. Lui restait à trouver quel était exactement le plan de l'autre afin de le contrer. Une fois de plus, il repartait sur ses propres traces.

Au fil de ses recherches, Corso reprit conscience que Malte ne constituait pas simplement une île en soi, mais un petit archipel où il était facile de se dissimuler en se glissant d'île en île. Ce dont l'autre ne se privait pas, visiblement. C'est ainsi qu'il put enfin retrouver la trace de La Murene sur *Gozo*, la seconde plus importante de ses îles. Le navire était bien là au mouillage, son équipage de fortune rapidement dispersé dans les environs. Il semblait à Corso qu'il pouvait à présent lire les intentions et les plans de son alter ego, tentant simplement de déduire de quelle façon il aurait pu s'y prendre lui-même pour attirer ici le chevalier, loin de sa citadelle. Il avait l'impression de suivre de loin la réalisation d'un plan avant même de l'avoir imaginé. Une situation bien déroutante, mais dont il ne pouvait s'empêcher d'apprécier tout le sel.

C'est ainsi qu'il se retrouva un soir près de la cité de *Xaghra*, au cœur de l'île de Gozo. Là se trouvaient les ruines de très anciens temples dont les origines s'étaient perdues dans la nuit des temps : *Ggantija, la tour des Géants*. L'ensemble donnait bel et bien l'impression d'avoir été bâti par et pour des êtres d'une taille colossale. Ceux, sans doute, dont la bible disait qu'ils marchaient sur la Terre quand l'humanité était encore jeune. Les pierres cyclopéennes se chevauchaient ici en un écrasant panorama. Se retrouvant en ces lieux à la tombée du jour, Corso se crut soudain transporté en une étrange et antique Babylone. « Comment avait-on pu bâtir une chose pareille ? », se demandait-il. Quelle force en effet avait bien pu présider à l'édification de tels monuments ? Le soleil couchant sur l'ensemble donnait le sentiment de se trouver transporté ailleurs, très loin, en un autre temps. Emporté par la force des lieux, il s'aperçut à peine que le sommeil le prenait, là parmi les pierres. Il finit par s'endormir en rêvant d'antiques peuplades aux mœurs oubliées.

Il fut ramené à la réalité par une autre présence. Il se rendait compte qu'il n'avait pas eu l'occasion, durant ces derniers jours, d'imaginer la situation d'un face à face avec lui-même. C'est pourtant ce qui se passait à présent. Devant lui se trouvait sa réplique exacte, position déroutante s'il en est. Cet autre lui le toisait, juché sur une pierre de belle taille. Tout cela s'était passé bien plus vite que Corso ne l'aurait imaginé, et toutes les résolutions qu'il avait pu concevoir se volatilisèrent à cette simple vue. Allait-il tenter de le raisonner ? L'affronter ? Le détruire peut-être ? Ce qui revenait à détruire une partie de lui-même, tant l'autre était lui, de manière indissociable. Il s'apprêtait donc à entamer le dialogue, lorsque son alter ego se rua sur lui sans autre forme de procès. La question ne se posait plus : l'affrontement devenait inévitable. Dégainant maladroitement sa rapière, Corso tenta d'esquiver l'attaque tant bien que mal. Comme il pouvait s'y attendre, ils étaient tous deux de force égale, au naturel comme à l'escrime, aussi la surprise comme la rage qui l'animait donnèrent-elle un avantage à son double, dans un premier temps. Puis Corso réduisit progressivement cet avantage, esquivant, parant, contre-attaquant du mieux qu'il le pouvait. L'autre se riait pourtant de ses feintes, de ses bottes, les connaissant naturellement aussi bien que lui-même. La réciproque étant également vraie, un statu quo s'installa entre les deux hommes, reflets de l'adversaire.

À mesure que les échanges s'alternaient ainsi, Corso put prendre conscience d'un phénomène troublant : le passage des deux duellistes de l'ombre complète à la lumière de la lune, qui éclairait la scène d'une lueur cendrée, influait nettement sur les effets des coups portés. Il en déduisit tout d'abord que la pénombre avantageait son double, alors que la clarté lui offrait une meilleure visibilité, mais dut bien vite concéder que cela allait plus loin encore. Chaque coup porté à son double en terrain dégagé semblait lui causer une douleur insoutenable, alors que les coups qu'il subissait lui-même dans ces conditions ne lui infligeaient pas le moindre dommage.

L'autre avait-il également pris conscience de cette incongruité ? Ne souhaitant pas lui en laisser le temps, Corso s'efforça de porter le combat en pleine lumière, où il aurait l'avantage. Manœuvre délicate s'il en était, mais qui semblait porter ses fruits. Sentant l'avantage lui échapper, l'autre rompit bientôt le combat et profitant du relief chaotique, s'éclipsa parmi les ombres des ruines. Corso ne désirait pas pousser l'avantage : en admettant qu'il parvienne à acculer son autre lui-même, irait-il jusqu'à tenter de lui ôter la vie ? Rien n'était moins sûr. Pendant tout le combat, il avait eu la désagréable impression de devoir s'affronter lui-même. Il se rendait compte à présent que la fuite de son adversaire le soulageait d'un poids dont il n'aurait su que faire.

Et pourtant il fallait bien se rendre à l'évidence : il lui était impossible d'en rester là et de laisser en liberté ce double aux intentions probablement meurtrières.

Avant toute chose, il lui fallait retrouver le chevalier Mensana avant que l'autre ne le fasse.

L'avertir du danger qu'il courait était son premier devoir. Ensuite, peut-être à eux deux trouveraient-ils le moyen de neutraliser le doppelgänger.

Retrouver Mensana ne fut pas une mince affaire. Du moins avait-il fini par apprendre que celui-ci se trouvait bien dans la forteresse de l'ordre, occupé qu'il était à ses devoirs militaires et religieux. La journée du lendemain était bien avancée lorsqu'il put enfin lui faire parvenir un message lui enjoignant de le rejoindre au plus tôt dans une proche taverne de la ville connue des deux hommes. Les démêlés de Corso avec l'ordre de Saint-Jean, quelques années plus tôt, ne l'autorisait pas à pénétrer lui-même la forteresse. C'est ainsi qu'ils se retrouvèrent en fin d'après-midi, attablés comme dans les souvenirs de Corso. Une époque si lointaine, semblait-il au marin. Tacitement, ils choisirent de ne pas évoquer les raisons qui les avaient divisés dernièrement, Corso sentant l'urgence d'expliquer à son ancien ami les motifs de sa présence. Mais par où commencer ? Comment lui expliquer qu'un autre lui-même avait décidé de s'en prendre au chevalier ? Ce ne fut qu'au cours de la soirée que, le vin aidant, les langues se délièrent peu à peu.

- Un Doppelgänger ?! Ne put s'empêcher de s'étonner Mensana.

Il avait lui-même rencontré nombre d'étrangetés au cours de ses pérégrinations, mais une telle créature ne pouvait cependant relever que de la légende. Cependant, pourquoi Corso serait-il venu l'avertir d'un tel danger s'il n'était pas certain de ses propres dires ? Après maintes demandes d'explications, il choisit de lui porter crédit. Après cela encore, comment circonscrire un tel danger ? La question restait entière.

La première possibilité, et à vrai dire la seule qui put leur tomber sous le sens, était d'affronter ensemble la créature. D'abord, cela leur donnerait l'avantage du nombre. Ensuite, Mensana se trouvant directement visé par l'attaque, la meilleure solution pour lui était encore de faire face au danger. Pour finir, Corso savait que si sa résolution vacillait une fois de plus, le chevalier n'hésiterait pas quant à lui à en finir avec le double maléfique. Du moins Corso l'espérait-il. Les plans les plus simples étant parfois les meilleurs, ils se décidèrent rapidement pour celui-ci. De plus, ils ne devraient pas avoir à en peaufiner les détails, le doppelgänger étant déjà probablement déjà à leur recherche. L'affrontement direct leur offrirait les meilleures chances de réussite. Tout au plus Mensana suggéra-t-il à Corso de modifier sa tenue. Ceindre son épaule d'un simple foulard, par exemple, devrait suffire à le distinguer de son double, ce qui se montrerait précieux en cas d'affrontement.

Ils erraient tout en devisant à travers l'île, lorsqu'ils finirent par se retrouver à la tombée du jour en surplomb d'une falaise donnant directement sur la mer. Là, dans le clair-obscur, se dessinait la silhouette d'un autre Corso. Un détail accrocha immédiatement l'œil des nouveaux arrivants : l'autre possédait également ce foulard que Corso avait ajouté depuis leur dernière rencontre. Les distinguer devenait à nouveau délicat, sinon impossible dans le feu de l'action. Avant qu'ils aient pu esquisser la moindre tentative, le doppelgänger était sur eux, la rapière au poing. Le combat s'engagea. À plusieurs reprises, la vitesse des échanges entre les trois hommes laissa le chevalier perplexe : il devait redoubler d'efforts pour ne pas perdre de vue le véritable Corso et éviter de s'en prendre à son ami. La situation était périlleuse.

Pourtant, maintenant qu'il pouvait l'observer de près, Corso pouvait constater la même perplexité dans le regard de son double. Tout en ferraillant, il tentait d'en comprendre les raisons. C'est alors qu'il put se rendre compte qu'à mesure que le doute persistait sur le visage de l'autre, celui-ci semblait perdre de sa vigueur et même, aurait-il juré, de sa consistance. Une sorte d'étrange transparence semblait le gagner. Lorsqu'enfin l'autre parvint à rompre le combat tout en reculant vers le bord de la falaise, Corso s'attendait à tout moment à le voir chuter vers les récifs en contrebas. Mais lorsque sous ses yeux incrédules, la vision devenue spectrale se jeta dans le vide, son corps continua de reculer dans les airs sans perdre une once d'altitude, se diluant littéralement dans le firmament. Sidéré par cette vision, Corso resta un moment interdit.

C'est alors qu'il remarqua le chevalier penché au surplomb de la falaise. Cherchait-il le corps du doppelgänger qu'il croyait à présent perdu dans le ressac venant se briser sur les rochers ? Il semblait que oui. Chacun des deux hommes avait bien suivi une version différente de ce qui s'était passé là. Le chevalier avait la logique de son côté, mais qu'avait de logique l'apparition d'un double maléfique, un doppelgänger ? Ainsi les choses pouvaient-elles apparaître si différentes à deux témoins d'une même scène. Voilà qui était déroutant.

Il n'en restait pas moins, pour les deux hommes, que le double de Corso avait de lui-même choisi de disparaître, d'une manière ou d'une autre. Avait-il craint la défaite ? Rien n'était moins sûr. Ce n'était pas en tout cas l'impression qu'il avait laissée. Il semblait plutôt avoir choisi délibérément son destin. Mais pourquoi ?

Sur le chemin du retour, diverses théories leur vinrent à l'esprit, dont une seule finit par trouver grâce auprès des deux amis : la créature, issue de la colère de Corso, n'avait en définitive qu'une seule raison d'être. Punir le chevalier de sa trahison. Pour cela une seule issue, semblait-il : la mort du traître. À moins que cette trahison ne perde de son caractère dramatique aux yeux des deux hommes à nouveau réconciliés. C'est ce qui ne pouvait que transparaître de cette action concertée pour se débarrasser d'un ennemi devenu commun : la créature vengeresse elle-même qui perdait par la même occasion sa seule et unique raison d'exister.

Nulle vraie raison de la combattre, en définitive, simplement trouver le motif de sa révocation. Que serait-il advenu si, poursuivant l'escarmouche, Corso en était venu à vaincre et tuer son double ? Bien heureusement, le cas ne s'était pas présenté, ce qui dispensait le marin d'une telle alternative. Cette idée pourtant le poursuivrait longtemps sans que la moindre réponse ne puisse s'imposer à lui. Une situation qu'il ne souhaitait pas même à son pire ennemi. Une situation que, fort heureusement, peu d'hommes auraient à affronter au cours de leur existence.

Un jour, une île...

Toutes ces aventures n'étaient-elles donc, en définitive, que les divagations d'un homme au seuil de la vieillesse, ou bien souvenirs d'une vie exceptionnellement remplie ?
Jusqu'à quel point l'imagination peut-elle interpréter des événements qui, sans cela, seraient restés sinon insignifiants, en tout cas bien moins extraordinaires qu'ils n'y paraissent, une fois couchés sur le papier ?

C'est en 1643 que l'on va retrouver Corso. Au mois de mai, précisément. Le roi Louis XIII, le juste, vient de mourir, avant même d'apprendre la nouvelle de la victoire de Rocroi. L'ennemi espagnol est vaincu après une vie entière de lutte. Son ministre Richelieu a précédé le monarque de quelques mois dans la tombe. Il semble ainsi que l'un ne put survivre à l'autre, tant leur politique était indissociable. Olivares l'Espagnol lui-même, la Némésis du Cardinal, avait quitté la politique quelque temps plus tôt. À quoi bon poursuivre la lutte, si les vieux ennemis ne sont plus. Le roi mourant n'a pas souhaité de cérémonie, montrant une dernière fois l'exemple d'une austérité sans faille.
Corso continuait de remplir ces pages de souvenirs d'une vie d'aventure et de mystères. Encore lui restait-il celle-ci à partager. Mais qui le croirait ?

Après tout, qu'importe, pourvu que ces mots lui survivent....

Cette aventure nous ramène, une fois encore, à ces contes provençaux revisités par Corso. Celui-ci nous replongera dans les profondeurs où se cachent bien des secrets. L'histoire de la Provence semble ainsi enfouie dans les sous-sols : Val d'enfer, Trou aux Fées ou Grotte aux Gnomides, desquels elle ne demande qu'à ressurgir sous forme de contes et légendes pour l'édification des curieux.
Ce conte-ci trouve cependant écho un peu partout autour de la Méditerranée, jusqu'à certains mythes fondateurs des tribus touarègues du Hoggar. On y retrouvera en effet l'archétype de ce personnage étonnant, qu'on le nomme Tin Hinan, Ayesha ou Antinea, qui laisse à nos héros comme un parfum d'éternité. On y trouvera aussi mêlées d'autres légendes de marins, histoires qui bien souvent trouvent leur écho dans notre réalité.
C'est l'histoire d'une île...

Le marin avait amené la voile, laissant dériver le chebec au gré des courants. Voilà plusieurs heures qu'il observait le phénomène, s'aidant de sa longue vue pour mieux en apprécier le déroulement. D'abord ces fumerolles qui étaient apparues au milieu de nulle part. Depuis, il pouvait voir les flots bouillonner à quelques milles nautiques devant lui. Puis ce fut une véritable éruption volcanique qui se manifestait là où, quelques heures auparavant, il n'y avait que la mer à perte de vue.

Intrigué, Corso avait mis en panne et se contentait maintenant d'observer, laissant libre cours à son insatiable curiosité. Par un phénomène qu'il ne chercha pas à analyser sur le moment, les courants avaient changé de direction pour l'amener droit sur le point d'origine de l'événement. Il n'avait qu'à se laisser porter, en prenant simplement garde à ne pas faire lui-même les frais de cette soudaine éruption.

À présent qu'il se rapprochait, il pouvait distinguer une élévation de terre à la base des fumerolles. Une île ?! Il n'y avait jamais eu d'île à cet endroit, il l'aurait juré, ni même le moindre îlot. Son sang de marin ne saurait mentir. Il avait croisé le long de ce canal entre Sicile et *Pantellaria* à bien des reprises, et nulle trace d'une île n'avait jamais été signalée dans les parages.

À moins que... un volcan avait bien élu domicile sous ces eaux, protégeant ici le domaine de Neptune. Il ne faisait jusque là que bouillonner de temps à autre, avant de se rendormir d'un sommeil sous-

marin. Peut-être le vieux monstre était-il à l'origine de ce qui se passait là, sous les yeux de Corso ?
Une île ! Neuve, vierge de toute présence et de toute revendication, voilà qui n'était pas ordinaire, si près des côtes méditerranéennes. Et voilà qui faisait bien l'affaire de notre marin.

L'éruption semblait bel et bien calmée, à présent, aussi décida-t-il de s'en approcher franchement. Y prendre pied, probablement. Allait-il la baptiser ? Voilà qui n'était pas dans ses prétentions. Le seul drapeau qu'il serait bien tenté d'y planter ne serait rien d'autre que le pavillon de La Murene, son navire. Encore quelques encablures et il y serait. Il choisit pourtant de mouiller au large, dès que les premiers hauts fonds s'étaient présentés. Ensuite plongea-t-il pour rejoindre la terre ferme. Voici enfin qu'il posait le pied sur cette si jeune terre. Le sol en était encombré de scories encore brûlantes, l'incitant à progresser avec prudence. L'îlot était réellement minuscule, maintenant qu'il pouvait en apprécier la géographie. Un simple monticule au sommet duquel s'échappait le dernier souffle du géant sous-marin. Il lui semblait que le fond de la mer était remonté sous ses pieds, faisant ressurgir des secrets oubliés depuis longtemps. Qu'allait-il y découvrir ?
Fidèle à son habitude, Corso, confortablement installé au creux d'un rocher, laissa vagabonder son imagination. Un goéland vint se poser non loin de là, première créature après lui-même à fouler ce sol. Ils restèrent un moment à se regarder. Peut-être le

volatile tentait-il de comprendre lui aussi d'où venaient cette terre nouvelle et son unique occupant. Il semblait au marin que l'oiseau cherchait le bon moment pour s'adresser à lui. S'adresser à lui ?! Voilà une bien étrange idée. Et que pourrait-il bien lui conter ? Ses voyages par-delà les mers ? Qu'avait-il bien pu voir que Corso n'avait pas lui-même rencontré ? Les déserts d'Orient et ses créatures fabuleuses ? Les vastes terres d'Afrique dont l'homme blanc n'avait fait que longer les côtes ? De quels autres mystères avait-il bien pu être le témoin ? Corso était bien payé pour savoir quels secrets pouvaient encore se nicher loin des yeux du commun des mortels.

- Où est donc votre drapeau, Monsieur ?

Un drapeau ? Qu'est-ce que cet animal pouvait bien avoir à faire d'un drapeau ?

À moins que...mais oui, la voix venait bien de derrière Corso.

Un officier se tenait là, en grand uniforme. Anglais, peut-être ? Oui, c'est cela, un officier de la marine britannique. Emmitouflé dans ses songes, Corso n'avait pas remarqué son arrivée. Cet homme n'était certainement pas seul. Le marin put apercevoir, du coin de l'œil, la chaloupe qui se balançait paresseusement. Quelques matelots attendaient à son bord, laissant de toute évidence leur chef faire le premier pas sur cette terre réputée vierge. Corso imaginait facilement la déception de l'autre en voyant qu'il n'était pas le premier.

- Où est votre drapeau... Monsieur ? répéta l'autre, constatant que son interlocuteur ne réagissait pas et se demandant en quelle autre langue il devrait formuler sa demande pour être compris.
- Mon drapeau ? Le voici ! Toujours à demi allongé, Corso tendait un bras nonchalant vers son propre navire, désignant le pavillon qui flottait au haut du mât.
- Ne vous moquez pas, Monsieur. Si vous n'avez pas planté vos couleurs au sommet de ces terres, alors vous ne verrez aucun inconvénient, je pense, à ce que je revendique cet endroit au nom de Sa Gracieuse Majesté, le roi Charles 1er d'Angleterre.
- Revendiquez... revendiquez, si cela vous amuse, mais laissez-moi terminer ma sieste.
- Ceci n'est pas une plaisanterie ! Sachez que dès l'instant où j'aurais hissé mes couleurs sur cette terre, je vous prierai de bien vouloir la quitter sur-le-champ.
- Vous ne croyez pas que vous abusez un peu, cette fois ? Qu'en penses-tu, l'oiseau ?
L'intéressé s'était écarté à l'arrivée du second protagoniste. Sans doute son instinct l'avait-il averti que la présence de deux de ces bipèdes au même endroit ne pouvait rien présager de bon. Un vague coassement lui échappa, en guise de réponse.
- Ah, vous voyez, cet autochtone est également de mon avis.
- Vous commencez à m'échauffer, Monsieur, et devrez m'en répondre. Allons-nous croiser le fer ?
- Sans doute, une autre fois, mais aujourd'hui est un

jour particulier : nous assistons à la naissance d'une île. Est-ce que ce n'est pas un événement assez extraordinaire, à vos yeux, pour laisser de côté ces querelles ?

Il se doutait bien que l'autre n'en resterait pas là. Affaire d'honneur, certainement, ou quelque chose de ce genre.

- Allons, plantez donc votre drapeau, tenta-t-il toutefois afin d'apaiser l'autre, vous aurez fait ce pour quoi vous êtes venu. Nous verrons bien ensuite....

L'officier suspendit un moment son geste, puis rengaina sa rapière à demi-sortie du fourreau. Se détournant alors dans un haussement d'épaules dédaigneux, il retourna à la chaloupe pour s'emparer du drapeau en question, puis partit d'un pas décidé à la recherche de l'endroit idéal pour cet événement historique. Ses marins l'avaient rejoint pour se tenir au garde-à-vous autour de l'officier.

Mais à peine celui-ci avait-il enfoncé la hampe dans le sol, qu'un jet de vapeur s'échappa pour venir noyer la petite troupe. Aussitôt, des cris fusèrent, que l'on imaginait de douleur autant que de surprise. La belle ne semblait pas décidée à se laisser posséder si facilement. Il ne fallut pas longtemps à la petite troupe pour rejoindre la chaloupe, portant un officier au visage brûlé et aveuglé, puis reprendre la mer.

Le goéland, surpris par l'événement, s'était envolé en piaillant, avant de se reposer, après le départ des hommes. Corso, lui, avait suivi la scène comme dans un songe, un de ces improbables rêves que l'on hésite à raconter au réveil, tant ils nous paraissent farfelus.

Un moment passa encore, avant qu'il ne s'aperçoive d'une seconde conséquence de la tentative malheureuse de planter de drapeau : se décidant enfin à quitter son confortable emplacement, il approcha des dernières écharpes de vapeur pour découvrir qu'un trou s'était formé dans le sol. Un éboulement sans doute, par lequel la poche de vapeur s'était entièrement vidée. Par ses frasques, l'officier anglais avait certainement mis à jour une excavation, qu'il n'aura pas eu le loisir d'explorer. C'était Corso que le destin avait mis face à cette nouvelle énigme. Une ouverture dans le sol d'une terre nouvellement sortie des eaux, il n'en fallait pas plus pour enflammer l'imagination du marin. Le passage était-il praticable ? Il le semblait bien en tout cas.
- Qu'en penses-tu, l'oiseau ? demanda-t-il encore presque machinalement. Il s'était visiblement habitué à la présence du volatile au point d'en faire son compagnon d'exploration. Après tout, ce goéland n'était-il pas venu, lui aussi, à la découverte de cette île si particulière ?
On se doute bien pourtant que Corso fut seul à s'enfoncer sous la roche. La pénombre souterraine l'empêchait d'en distinguer la conformation, mais au toucher le passage lui apparut d'abord exigu... pour s'élargir par la suite et déboucher sur... rien ! Le vide sous ses pieds et ses genoux tâtonnants.

D'abord le glissement de l'air, puis l'explosion liquide lors du plongeon qui s'ensuivit. L'île était-elle creuse et simplement occupée par l'eau de mer ? Corso n'eut pas le temps de se poser la question, occupé qu'il était à se rétablir dans ce milieu inattendu.

Bientôt, des formes vinrent le frôler. Poissons ? De belle taille, alors. Corso pensait plutôt à des dauphins, ou des choses de ce genre. Des visages pourtant vinrent se mêler aux images devinées dans la pénombre aqueuse. Allons, bon ! Sirènes et tritons viendraient-ils se mêler à la danse ? Corso n'en était plus à ces curiosités prêt. Il avait rencontré, ou cru rencontré, tant d'étrangetés déjà, durant ses voyages. Au bout d'un certain temps passé à retenir sa respiration, une main se glissa dans la sienne, caresse, puis étreinte, comme pour lui enjoindre de les suivre. Allait-il se laisser entraîner dans les profondeurs ? Il se doutait bien que, dans sa position, ces créatures avaient la possibilité de l'emmener de force, si elles le souhaitaient. Elles ne le faisaient pas.

Il choisit donc de considérer leur attitude comme une invitation et se laissa guider. Il lui paraissait évident qu'il n'avait pas les moyens de regagner seul la surface et qu'il devait donc s'en remettre à ses « hôtesses ».

Ils émergèrent bientôt dans une sorte de grotte sous-marine nimbée d'une brume qui en estompait les parois. L'atmosphère en était fraîche et humide. Au centre, un aréopage de ces créatures en entourait une autre qui laissa Corso perplexe dès qu'il l'aperçut. Contrairement à ses compagnes sirènes, celle-ci possédait tous les attributs propres à l'espèce humaine, sa quasi-nudité ne laissait planer aucun doute à ce sujet. Une légère luminescence émanant de la grotte permettait d'en apprécier les moindres détails. Il s'agissait sans doute de la plus magnifique créature qu'il fut donné à Corso de contempler. Elle était comme habillée d'écume, laissant deviner des charmes à couper le souffle.

Corso se laissa guider hors de l'eau comme dans un rêve, dont il ne souhaitait sortir pour rien au monde. Alanguie sur son trône de corail, la créature le regardait approcher, comme évaluant son visiteur du regard. Le marin semblait à sa convenance, à en juger le sourire désarmant qui illumina son fin visage.

Elle attendit que Corso lui exprime le premier ses hommages avant de prendre la parole :

- Soit le bienvenu, marin, car tu es bien un de ces navigateurs, n'est-ce pas ? À vrai dire, je n'ai que peu de mérite à le deviner, tant vous êtes bien les seuls à nous honorer de votre visite. Duquel de ces nombreux pays de la surface viens-tu, marin ?

- La Provence est ma terre de naissance, mais mon cœur va aussi à Venise, et mon pays est la mer.

- Je vois, tu es donc un de ces si romantiques marins français. J'avais bien reconnu cette langue chère aux poètes.

Corso réalisa alors qu'elle s'était spontanément

adressée à lui dans sa langue. Aurait-elle fait de même s'il avait été Anglais ou Italien ? Il ne pouvait que le supposer.

- Alors tu peux m'appeler Julia, poursuivit-elle, comme d'autres des tiens qui me connaissent me nomment dans leur langue Ferdinandea ou Scircca, ainsi que de bien d'autres noms encore. Pour toi, ce sera Julia. J'ai une proposition à te faire, marin. Rares sont ceux de la surface qui parviennent jusqu'ici, plus rares encore ceux que l'on souhaite voir rester parmi nous. Tu peux faire partie de ceux-là si tu le désires. Qu'en penses-tu ?

- Je vous remercie de votre invitation... Julia. J'aurais grand plaisir, en effet à passer quelques jours parmi vous.

- Quelques jours ?! Voyons marin, je te parle de rester ici pour toujours.

- Oh ! C'est un bien grand honneur que vous me faites, mais je crains de devoir le décliner, voyez-vous. J'ai connu autrefois un très vieil homme qui avait la particularité de ne pouvoir rester au même endroit plus de quelques jours sans en payer le prix. J'ai bien peur de partager avec lui cette impossibilité. C'est que je suis marin avant tout...

- Réalises-tu ce que cela peut signifier pour toi que de partager notre immortalité ? Bien des tiens seraient prêts à se damner pour un tel privilège.

- Alors je souhaite qu'à leur tour ils puissent rencontrer cette chance. Mais qu'est-ce que l'immortalité, sinon une suite de moments que l'on saura rendre éternels, et faire du dernier le meilleur d'entre eux ?

- Voilà bien un marin philosophe ! Allons, réfléchis encore, je crois que tu ne mesures pas ce que tu dis, mais rien que quelques jours passés parmi nous te feront bien changer d'avis, je le gage.

- Puis-je savoir ce que tu attends de moi en échange de ce précieux cadeau ? Car il y bien une condition, n'est-ce pas ?

- En effet, j'attends de toi que tu m'offres ce que les miens ont perdu : la possibilité de procréer. Nous n'avons plus d'autres choix que de nous en remettre à ton peuple pour survivre. Voilà le prix à payer pour notre propre immortalité, mais rassure-toi, les humains n'ont en aucun cas à en assumer le prix.

- Hélas, je ne peux pas accepter ce que tu m'offres. Je ne suis pas de ton peuple, et ne peux donc partager sa destinée, même si je le désirais vraiment. Mais si je passais cette nuit avec toi, me laisserais-tu partir demain ?

- Je n'ai en aucun cas le pouvoir, ni le désir, de te retenir contre ton gré, répondit-elle avec un sourire énigmatique. Mais souhaites-tu vraiment m'accorder cette nuit ?

- Bien d'autres nuits encore m'attendent, n'est-ce pas ? Et puis...

Corso ne savait comment faire comprendre à son hôtesse ce que bon nombre de ses congénères seraient prêts à donner pour être à sa place. Qu'était-ce qu'une nuit, après tout, sinon la promesse d'un merveilleux moment passé en sa compagnie ?

Ainsi fut-il décidé et, après cette nuit que Corso n'oublierait sans doute jamais, bien d'autres encore suivirent, dont le marin perdit le compte.

Lorsqu'enfin revint à lui le souvenir de sa vie passée, le parfum des embruns sur le pont de son navire, l'exaltation de tant d'aventures passée et la promesse de celles encore à venir, alors Corso décida-t-il que devait reprendre le cours de son existence. Un autre sentiment venait conforter sa décision. Combien d'histoires - de contes peut-être, mais vivait-il autre chose qu'un conte - combien de ces récits parlaient d'une vie perdue au contact de ces étranges créatures. Alors qu'un court moment à peine semblait s'être passé, la victime de ces sortilèges voyait les années la rattraper soudain lorsqu'elle reprenait sa liberté. Et lui, Corso, combien de temps était-il resté dans cet endroit, en réalité ? Quel serait le prix de son imprudence ? Il appréhendait, bien sûr, le moment d'annoncer son départ, et le repoussait sans cesse. Mais il savait bien qu'il ne pouvait en être ainsi éternellement et que sa vie l'attendait, là-haut.
- Ainsi voici le moment venu, lui répondit-elle simplement lorsqu'il se décida enfin à partager son envie de repartir.
Si elle avait souhaité le voir rester à jamais à ses côtés, en tout cas n'en donnait-elle aucunement l'impression.
- Mes compagnes vont te guider, ajouta-t-elle simplement.

Corso s'était souvent imaginé ce moment et aucune des possibilités qu'il avait envisagées ne correspondait à celle-ci. De toute évidence, son étrange hôtesse avait-elle obtenu ce qu'elle attendait de lui et ne demandait pas plus. Sans doute était-ce mieux ainsi.

Mais à peine s'était-il fait cette remarque que le visage de la créature changeait à vue d'œil. De résigné, les traits en exprimèrent soudain une terrible colère. Le poids des ans sembla alors peser sur la reine outrée. Peut-être toutes ses insinuations concernant son âge n'étaient-elles pas que caprices de sa part, finalement.

- Après tout, glapit-elle, pourquoi te laisserais-je repartir ? N'es-tu pas plus heureux ici, auprès de moi, que de ces créatures de la surface, si imparfaites ? Reste, tel est mon plaisir !

Devant le refus de Corso de se soumettre, les autres se jetèrent sur lui, dans un cri terrible. Aussi n'eut-il que le réflexe de se jeter à l'eau pour tenter de leur échapper. Réflexe dérisoire, si l'on y songe, tant la mer était avant tout leur élément, celui qui leur donnerait l'avantage dans cet affrontement. Corso ne s'en défendit pas moins vaillamment, échappant in extremis à la meute des créatures marines.

Alors qu'il n'y croyait plus, il lui semblait maintenant retrouver le passage par lequel il était arrivé. Cette fois pourtant, dans sa fuite, le chemin à parcourir lui parut infiniment plus long que lorsqu'il l'avait suivi la première fois dans l'autre sens. Bientôt l'air vint à lui manquer, alors qu'il souhaitait ardemment ressentir d'un instant à l'autre cette sensation extraordinaire de la surface enfin retrouvée après avoir retenu son souffle si longtemps. Mais rien de tel ne se produisit, aussi Corso en vint très vite à suffoquer, puis l'inconscience remplaça rapidement l'angoisse de ne jamais plus sentir l'air emplir ses poumons. Le noir encore plus profond du néant vint remplacer l'obscurité liquide et plus rien n'exista pour lui.

Un rêve, à nouveau. Celui de la brise salée qui vient fouetter le visage du dormeur imprudent. Ainsi le paradis des marins - car Corso était convaincu que la vie qu'il avait menée lui autorisait cet espoir - ce paradis donc était fatalement plein du cri des oiseaux du large et des senteurs des rivages. S'il était bien au paradis, tous ses sens devaient pouvoir en profiter, aussi s'autorisa-t-il à ouvrir un œil, puis le second. Ce qu'il vit lui parut pourtant bien familier. Le ciel immense, d'abord, puis cette terre désolée et si exiguë. Cette île qui lui était apparue, une éternité plus tôt. Bien plus étroite que dans son souvenir, il l'aurait juré. Aussitôt une autre sensation, bien connue également, s'empara de lui : les vagues allaient et venaient, battant contre son flan, le soulevant chaque fois un peu plus. Ainsi voici l'explication de cette exiguïté de l'île qu'il venait de retrouver : la mer, ici, reprenait ses droits, lui faisant comprendre à sa façon qu'il n'y était plus le bienvenu. Comment il était revenu sur ce rivage, il n'en avait plus le moindre souvenir. Peut-être fut-il aidé par l'une de ces créatures, plus amicale que les autres. Peut-être certaines d'entre elles lui portaient-elles un intérêt moins vindicatif que leur reine, de qui elles avaient dû cacher leurs sentiments pour cet étranger. Il ne le saurait sans doute jamais.

Lorsqu'une vague plus forte que les autres le submergea, il n'essaya pas de résister, mais se laissa au contraire emporter. Nageant alors le plus vigoureusement qu'il le put, il s'éloigna de l'endroit au plus vite. Tout ceci ne pouvait signifier qu'une chose : l'île sombrait à nouveau, emportant avec elle des secrets que lui seul avait partagés l'espace de... mais combien de temps, au juste, tout cela avait-il duré ? On disait dans les légendes que la fréquentation de ces créatures extraordinaires pouvait vous coûter toute une vie, mais comment se pouvait-il alors qu'il se retrouva sur cette île après tout ce temps passé sans que quiconque n'ait cherché à s'approprier ces terres et qu'elles soient ainsi restées vierges ? Son navire, en outre, était toujours là qui l'attendait. Personne ne s'en était emparé. Le temps ici avait dû passer bien moins vite que dans les profondeurs de l'île. Ce serait le contraire, cette fois, et tout ce qu'il avait vécu n'aurait duré qu'un instant de sa vie terrestre. Le temps d'un songe.

Ne lui restait plus maintenant qu'à reprendre la mer. Mais comment allait-il trouver le monde après une telle absence ? Pouvez-vous imaginer quelles furent les pensées de Corso en s'éloignant, après avoir vécu ce que si peu d'autres avaient connu avant lui, si ce n'est dans les contes ? Et si tout cela n'était même qu'un conte, n'en resterait-il pas extraordinaire à partager ?

Corso regardait au loin les restes du rivage insulaire disparaître dans un bouillonnement d'écume. Que restait-il d'autre pour le marin qu'un souvenir qui sans doute ne le quitterait jamais ? Le souvenir de son île, l'île Julia.

Le Dernier Peuple

Si Corso nous a légué relativement si peu de témoignages, c'est sans aucun doute en raison de sa disparition aussi mystérieuse que prématurée. De nombreux récits ont tenté d'éclaircir le mystère qui entoure son départ, mais que devons-nous penser de celui qui nous fut laissé par son plus proche compagnon de route, celui que l'histoire a gardé sous le nom de « Malouin » ?

Nous ne pouvons que livrer ce dernier témoignage tel qu'il nous est parvenu, laissant le lecteur se faire sa propre opinion.
Conscient de laisser planer le doute sur la fin de ses aventures, mais soucieux d'en conserver le plus fidèle souvenir, voici donc où le menèrent très probablement les dernières pérégrinations de Corso.
Peut-être aurons-nous la chance d'en découvrir un jour davantage, au hasard de parchemins poussiéreux hantant le tréfonds des plus secrètes bibliothèques ..?

> *« L'âme de l'Afrique, disaient les tambours en battant ; l'esprit de la jungle ; le chant des dieux des ténèbres du Dehors... Les tambours grondaient et beuglaient tout cela – et d'autres choses encore ! - à Kane pendant qu'il se frayait un chemin dans la forêt. Dans un recoin secret de son âme, quelque chose vibra et leur répondit. Toi aussi tu appartiens à la nuit, chantaient les tambours, en toi réside la force des ténèbres ; la force du primitif ; reviens vers nous, vers les premiers âges... »*
>
> *Robert « two gun Bob » Howard – Solomon Kane*

L'homme embusqué observait patiemment la scène. Les buissons rabougris et desséchés par le soleil du jour lui offraient un abri durant la nuit. Pas très grand, plutôt trapu, la barbe qui lui mangeait presque entièrement le visage participait même de son camouflage, d'une certaine manière. En outre, il aurait presque pu se contenter de la lumière de la lune et des étoiles de ce ciel tropical pour l'éclairer. Mais les hommes qu'il épiait avaient jugé préférable de semer quelques braseros autour du camp, faussant la visibilité, occultant certains éléments du décor pour en mettre d'autres en valeur. Ils ne l'avaient pas fait pour se réchauffer, la chaleur du soir était encore à peine supportable. Non, mais plutôt par crainte des prédateurs qui pouvaient surgir d'un moment à l'autre des sous-bois durant leur sommeil. Peut-être ces flammes leur offraient-elles aussi un réconfort contre l'angoisse quasi superstitieuse de ces contrées sauvages. L'Afrique était toujours, à leurs yeux, cette ogresse prête à les enlever à la moindre erreur d'inattention pour les dévorer dans d'horribles souffrances. L'homme blanc avait pris pied sur ses côtes depuis peu, finalement, en regard de l'histoire de ce continent. Deux ou trois siècles à peine. Rien qu'un instant.

Pour l'homme qui les observait, cette histoire ne remontait même qu'à quelques semaines. Quelques longues semaines qu'il s'était mêlé à ces Lançados, ces proscrits du royaume du Portugal exilés en terre africaine pour y faire fortune. Tenter, du moins. Tous ne survivaient pas à ces contrées impitoyables. Dans tous les cas, rares étaient ceux qui osaient quitter la côte pour pénétrer à l'intérieur de ces sombres terres. Lui en avait bien l'intention. Des semaines qu'il attendait ce moment. Sa chance se présentait peut-être enfin. Ce qu'il guettait avec tant d'attention ? Des sortes de cages avaient été montées près de la plage avec, à l'intérieur, un groupe d'humains, des noirs à demi nus. Épuisés, affamés, assoiffés et démoralisés, ils attendaient avec résignation le sort qui leur était réservé. Tous avaient été de jeunes et robustes guerriers, à l'exception notable de l'un d'entre eux : un vieux sorcier au corps chenu. Que faisait-il ici ? Nul n'aurait pu le dire.

Le moment n'était pas encore venu d'intervenir, aussi l'homme se laissa-t-il aller à quelque rêverie, sans perdre pour autant son objectif de vue. Voilà plusieurs mois qu'il s'était lancé dans cette quête insensée. Depuis la disparition de son ami, Corso. Celui-ci avait bien l'habitude de s'éclipser de temps à autre, mais pas si longtemps, et pas de cette manière. Il avait fini par s'assagir avec le temps et l'âge, et ses escapades s'étaient muées en une paisible retraite dans la cité qui l'avait accueilli et vu grandir : Venise. La Sérénissime avait pardonné à l'homme mûr les incartades du jeune marin impétueux.

Cette éclipse soudaine et prolongée ne ressemblait pas à celui qu'il était devenu. C'est pourquoi lui, son second, celui qu'on appelait Le Malouin, avait fini par se lancer à sa recherche, mû par une inquiétante intuition. Il avait suivi sa piste à travers la Méditerranée, selon leurs vieilles habitudes de marins. De port en port, de taverne en taverne, et jusqu'aux Échelles du Levant, ces comptoirs d'Orient dont Corso étaient familiers. Rien ! Rien qu'une longue trace tissée des souvenirs de toute une vie en mer. On l'avait signalé, quelque temps plus tôt, errant au large de l'île de Sicile à la recherche d'une terre qu'il ne trouva jamais. L'homme semblait devenu à demi fou. Sans doute s'était-il laissé sombrer avec son embarcation. Le Malouin faillit perdre espoir, mais s'y refusait. Alors, petit à petit, avec une infinie patience, il avait retrouvé la piste d'un Corso à nouveau en prise avec ses vieux démons : le marin avait passé sa vie à retrouver l'histoire de peuples disparus. Ceux d'antiquités révolues mais aussi, et surtout, d'autres que la mémoire des peuples d'aujourd'hui aurait occultés.

Ceux qui n'existent plus maintenant que dans les récits des conteurs, partagés à la veillée, et qui n'ont plus que figure d'archétypes. Ces créatures mythologiques, dont Corso avait vainement tenté de partager la croyance. Elles avaient visiblement fini par l'obséder au point de tout lui faire quitter pour en retrouver la trace.

Lui-même, Le Malouin, avait eu l'occasion, au cours de ses longs voyages, de rencontrer des phénomènes bien étranges. Mais rien qui put le convaincre de l'existence de ces peuples chimériques. Il n'aurait pu que se fier aux récits que Corso lui en fit lui-même.

Aujourd'hui, il se devait de retrouver son ami et de le sauver de ses dangereuses obsessions. C'est ainsi qu'il était arrivé sur ces terres tropicales, là où la piste de Corso s'était interrompue. Il ne pouvait imaginer qu'il ait pu s'aventurer au cœur de cet enfer, pourtant c'était bien la seule possibilité qui lui restait. Il s'était donc résolu à rejoindre les rangs des esclavagistes pour tenter de retrouver la piste perdue. L'histoire d'un blanc décidé à braver la jungle ne pouvait raisonnablement passer inaperçue. Et voilà que la chasse reprenait de plus belle ! La fortune semblait de son côté : il était d'abord patiemment parvenu à retrouver des témoins de son passage dont il avait pu tirer quelques informations. De plus avait-il pu entrer en contact avec certains de ces noirs destinés au commerce avec le nouveau continent. Comment s'y était-il pris ?

Il suffit de se rappeler que Le Malouin avait longuement écumé les mers des *Indes occidentales* par le passé. Eh oui, il avait été pirate ! Un de ces forbans prêts à tout pour s'emparer des richesses confisquées là-bas par les Espagnols. Un frère de la côte, libre penseur des océans dont les rangs se gonflaient de ces prisonniers noirs libérés et devenus à leur tour flibustiers. Car la flibuste était avant tout un état d'esprit, une philosophie émergée en réaction d'un âge où l'homme pouvait asservir l'homme en toute impunité. Ces équipages étaient donc composés d'hommes d'horizons aussi divers et qui pourtant parvenaient à s'entendre, inventant des langages qui dépassaient les frontières des cultures.

Les circonstances s'étaient enfin montrées favorables : les lançados s'apprêtaient à embarquer leur marchandise humaine lorsque le temps se dégrada sur la côte, retardant l'arrivée du navire. Les négriers avaient dû installer un campement de fortune près de la plage en attendant que la situation s'améliore.

Le moment d'agir était donc venu pour lui. Il n'en aurait sans doute pas de meilleure occasion. Le Malouin avait soigneusement choisi les conditions pour l'attaque : les gardes de faction étaient tous deux de nouveaux venus aux visibles difficultés d'acclimatation. Ils auraient davantage à lutter contre la chaleur et l'inconfort de ce pays qu'ils ne pourraient se défendre lors de l'attaque. Sortant furtivement de sa cachette, il s'approcha du premier d'entre eux d'un pas égal. L'autre le connaissait, il se laisserait approcher. Après avoir échangé quelques mots, Le Malouin attendit que le garde fasse mine de retourner à son poste et l'assomma d'un violent coup sur le sommet du crâne. Il fit signe aux prisonniers de garder le silence et s'assura que le second garde n'avait pas assisté à la scène avant de le rejoindre à pas de loups. Ce dernier montra plus de difficultés : se retournant au moment inopportun, il aperçut à la fois le marin qui le rejoignait et son compère étendu sur le sol. Son esprit accablé par la chaleur peinant à assimiler les deux informations simultanément, il dut marquer un temps d'arrêt avant de pouvoir réagir. Ce que son attaquant mit à profit pour lui asséner une suite de coups propres à lui faire perdre ses moyens pour un temps. Suffisamment en tout cas pour laisser au Malouin tout loisir de le ligoter et le bâillonner, traitement qu'il accorda de la même façon à son acolyte toujours inconscient.

Les prisonniers commençaient à s'agiter dans leur geôle de fortune. Le Malouin ne tarda pas à les libérer, échangeant quelques mots avec Ngosso, le vieux sorcier. Il avait eu l'occasion de sympathiser avec ce curieux individu durant son séjour. Le seul parmi les prisonniers à pouvoir communiquer avec le marin. Comment un sorcier noir avait-il pu finir vendu par des négriers ? Il l'ignorait. L'homme n'avait visiblement pas la robustesse nécessaire à la survie dans d'aussi pénibles conditions. Il lui faudrait remettre à plus tard la résolution de cette énigme. Pour l'heure, il fallait détaler avant que les autres ne découvrent leur absence.

Les prisonniers avaient spontanément pris l'initiative de l'évasion et eurent vite raisonné les quelques téméraires désireux de régler leurs comptes avec les négriers. L'heure était à la fuite, pas à la vengeance. Tous s'éclipsèrent rapidement dans les fourrés, laissant Le Malouin en compagnie du sorcier, trop âgé pour suivre la cadence. Ce dernier n'avait pas l'air très inquiet du comportement de ces cadets. Ils les rejoignirent en effet bientôt sous les frondaisons. Des palabres s'ensuivirent entre Ngosso et les jeunes guerriers du groupe. Le Malouin comprenait sans peine aux regards furtifs des uns et des autres qu'il en était l'objet. Il était blanc, donc dangereux pour eux.

- Ils veulent comprendre, lui traduit le sorcier dans un sabir que Le Malouin avait appris à comprendre. Pourquoi nous as-tu libérés ? N'es-tu pas du côté de ceux qui nous ont emprisonnés ?

Le Malouin attendait cette question autant qu'il l'appréhendait. Il avait un dessein.

- Si je vous ai libéré, c'est parce que je crois qu'à votre tour vous pourrez m'aider. Je sais bien que je ne pourrais vous y obliger, le choix devra vous revenir. Vous êtes libres à présent. À vous de choisir l'usage que vous ferez de cette liberté.

Le sorcier observait l'homme blanc avec attention, tentant visiblement de le décrypter.

- Eh bien, dis toujours ce que tu attends de nous ! Nous verrons bien si nous souhaitons te suivre.

- Nous en parlerons, mais je crois que nous devrions d'abord nous éloigner de cet endroit. Le danger n'est

pas encore écarté.
- Tu parles sagement. Trouvons un endroit où passer la nuit loin d'ici. Jusque là, nous pourrons rester ensemble. Ensuite, nous parlerons !
Le sorcier n'eut aucune peine à partager cet avis et tous semblèrent accepter d'être accompagnés quelque temps par l'homme blanc. Seul parmi eux, il ne pourrait certainement pas leur faire grand tort en attendant qu'ils délibèrent de son cas. En outre, aucun n'oubliait qu'ils lui devaient la liberté.

- Je vous ai entendu parler durant votre captivité, expliquait le Malouin au vieux sorcier alors qu'ils s'étaient enfin arrêtés pour le bivouac. Vous prononciez des mots que j'ai déjà entendus auparavant. Le *Fako*, « Le Père », c'est bien la montagne près de laquelle vous vivez ? C'est un nom que j'ai trouvé en recherchant mon ami disparu sur ces terres. Il en avait parlé à d'autres blancs que j'ai rencontrés en arrivant ici. Il se peut que ce ne soit pas le seul endroit à porter ce nom, bien sûr, mais d'autres signes encore me font croire que c'est bien là que je dois me rendre.
- Aussi tu voudrais nous accompagner pour retrouver ton ami.
Ce n'était pas une question, bien sûr.
- Je vous sauve et vous m'aidez. Qu'en penses-tu Ngosso ?
- Je crois pouvoir te faire confiance, Malouin, mais je dois te prévenir que tous, parmi nos jeunes guerriers, ne partageront pas ma sagesse... ou mon

imprudence. Même si nous acceptons, il te faudra rester sur tes gardes durant ce voyage.
- Ta parole me suffira, j'ai l'habitude de ne dormir que d'un œil.
Les palabres reprirent de plus belle, durant lesquelles le sorcier fit preuve d'une grande persuasion, avant que le sommeil ne les emporte vers des rêves de liberté depuis longtemps oubliée.

La première nuit hors du camp fut difficile pour le marin français. Jusqu'alors, et malgré l'étrangeté des lieux, il avait inconsciemment ressenti la présence rassurante d'autres Européens dans les parages. Cette fois, il se sentait comme livré à lui-même. Certes le groupe de prisonniers qu'il avait libéré paraissait l'avoir accepté, mais quelle garantie avait-il de pouvoir compter sur eux dans un milieu si hostile ? Il ne pouvait se défaire du sentiment que sa vie dépendait de ces gens qui eux-mêmes pouvaient s'en prendre à lui. On disait tant de choses sur ces sauvages, dont il n'avait guère eu l'occasion de s'assurer avant de se jeter dans la gueule du lion. Mais il était trop tard, à présent, pour faire marche arrière. Ses compagnons, quant à eux, semblaient bien trop préoccupés par leur propre sécurité pour s'intéresser à lui. Ils avaient accepté la présence de cet étranger et aucune malice ne paraissait entacher cet état de fait. La jungle se chargeait bien assez de leur rappeler la fragilité de leur propre vie pour ne pas l'alourdir de calculs mesquins.
Ils s'étaient arrêtés depuis un moment, l'air inquiet.

- Il va falloir traverser les marais, expliqua Ngosso. C'est une décision difficile à prendre. Le mal rôde ici. Personne ne s'y risque.
- Pourquoi le ferons-nous alors ?
- Plus loin au nord sont les hommes qui nous ont vendu aux tiens. Le danger est pire encore, peut-être, si nous sommes repris...
- Et la côte, au sud, est plus dangereuse encore. Alors, va pour les marais. C'est sans doute le moindre mal...

Le Malouin avait parlé sans vraiment connaître la difficulté de traverser cet enfer marécageux que même les autochtones craignaient tant. Le delta du fleuve Niger formait ici un labyrinthe d'eau stagnante propre à libérer tous les maux du monde. Serpents et autres bêtes y étaient dans leur élément. Des nuées compactes de moustiques accompagnaient les voyageurs jour et nuit, les harcelants de leur vrombissement infernal et de leurs morsures. Les guerriers avaient rappelé au Malouin comment s'enduire de boue pour s'en protéger, mais rien n'y faisait : il avait en permanence cette impression de se faire dévorer vif par un ennemi insaisissable.

Le cauchemar, qui semblait ne jamais vouloir finir, cessa pourtant le troisième jour, ne laissant comme souvenir qu'une cuisante démangeaison sur tout l'épiderme. À nouveau, on montra au marin comment se débarrasser de ces séquelles par l'application de quelque cataplasme bienvenu d'herbes sauvages.

Le décor changea rapidement en une savane qui leur parut presque paradisiaque après ce qu'ils venaient de vivre. S'y ébrouait une kyrielle d'herbivores parmi laquelle ils pourraient puiser le nécessaire pour s'alimenter, après s'être confectionné des épieux, arcs et autres armes de chasse tout à fait convenables.

Pour autant, la tension ne semblait pas vouloir s'apaiser au sein du groupe, et même augmenter au fil des jours.
- Que craignent-ils ? s'enquit encore le marin, intrigué par ce contraste avec la tranquillité du voyage.
- Certains pensent que nous sommes suivis, lui expliqua le vieux sorcier. C'est difficile à dire, mais nos meilleurs pisteurs ne peuvent pas se tromper.
- Qu'allez-vous faire ?
- Rien, mon ami. Continuer... et veiller. Si quelque chose doit arriver, nous serons prêts.
- Mais vous ne préférez pas vous assurer du danger et dormir l'esprit tranquille ?
- Bien sûr ! Mais ce danger-là est trop difficile à percevoir. Nous devons juste ne pas nous laisser surprendre. Il viendra bien assez vite.
Il arriva même plus tôt qu'ils ne le pensaient. Le soir même, tous furent réveillés en sursaut par un grand cri dans la nuit. L'alerte était donnée par l'un des deux gardes désignés pour surveiller le camp. Aussitôt chacun s'empara de l'arme qu'il avait conservée à portée de main et, en quelques secondes à peine, la défense s'organisait. Peu importe quel

pouvait être le danger, ils étaient prêts à l'affronter. Du moins le croyaient-ils : des fourrés sortaient maintenant des ombres que le reste du feu ne parvenait pas à éclairer. Hommes ? Fauves ? Difficile à dire, et c'était bien le plus angoissant. L'inconnu augmentait le danger d'une manière insoutenable. Heureusement pour eux, peut-être, ils n'eurent pas le loisir de s'interroger longuement avant que les créatures ne fondent sur eux. Par pur réflexe, les coups répondirent aux coups, laissant l'instinct de survie mener la danse. Peu importait ce que pouvait être l'ennemi, il fallait l'affronter... ou périr.

Ils avaient affaire à des êtres étranges, marchant sur deux pattes, mais recouverts d'une fourrure tachetée et poussant d'inquiétants grondements de fauves. Tout en ferraillant, Le Malouin s'interrogeait sur ces êtres mi-hommes mi-bêtes lui rappelant d'angoissants récits de sa terre natale. Mais comment pouvait-il s'étonner, finalement, que ce sombre pays puisse être aussi la tanière de loups-garou et autres créatures infernales. Peut-être avait-il pénétré le creuset où naissaient toutes ces monstruosités avant d'essaimer à travers le monde.

Il dut pourtant bien vite en revenir au danger immédiat, alors que leurs assaillants prenaient le dessus. Le Malouin lui-même se ressentait de plusieurs blessures occasionnées par... des griffes, à n'en pas douter. Les terribles terminaisons de leurs pattes, d'une longueur impressionnantes, laissaient de cuisantes traces de leurs attaques. Bien qu'en nombre inférieur, les assaillants gardaient cependant l'avantage d'une irrésistible sauvagerie.

Tous pourtant restèrent saisis lorsqu'un hurlement retentit hors du camp. La seconde d'après, une forme faisait irruption parmi eux, précédée d'un éclair d'acier tranchant dans les chairs noires sans que l'œil n'ait même le temps d'en suivre le mouvement. Avant qu'aucun n'ait pu se ressaisir, l'un des assaillants était tombé, le corps ouvert en deux comme par la main d'un démon surgi des enfers, et un second s'éloignait en titubant, tentant péniblement de retenir des entrailles récalcitrantes.

L'instant d'après, les derniers assaillants périssaient sous les coups des guerriers noirs qui possédaient maintenant l'avantage de la situation. La furie meurtrière, cause de ce soudain revirement, s'était immobilisée en retrait des derniers affrontements. Chacun resta alors médusé en découvrant... une femme, qui leur faisait face, tenant un énorme tranchoir des deux mains. Elle posa l'extrémité de son arme au sol, en signe de paix, et chacun en fit autant de l'épieu qu'il tenait à la main.

On prit alors le temps de mieux observer l'ennemi vaincu. Le Malouin était déconcerté de se rendre compte qu'ils avaient eu affaire à de simples humains. Habillés de peaux de bêtes, armés de longues griffes de métal, ils imitaient à la perfection l'animal pour lequel ils voulaient se faire passer. Jusqu'aux feulements poussés durant les combats.

- *Anyotos*, commenta faiblement Ngosso, des hommes-léopards... Ils me cherchaient.

Le vieux sorcier était allongé, entouré des jeunes guerriers. Une plaie lui zébrait le flanc, laissant s'échapper un inquiétant filet de sang. Le Malouin s'accroupit près du vieil homme.
- Pourquoi toi ?
- Ce sont des assassins, envoyés pour me tuer.
- M'expliqueras-tu pourquoi ils te poursuivaient ?
- Très bien ! T'es-tu demandé pourquoi on m'a vendu aux blancs ? Je ne suis pas assez robuste pour être l'esclave qu'ils veulent faire de moi.
- Bien sûr ! Alors pourquoi ?
- J'ai voulu m'opposer au nouveau roi de mon pays. Il n'avait aucun droit de le devenir. Alors, il s'est débarrassé de moi.
- Et les... les hommes-léopards ? Ils étaient chargés de te tuer, si tu parvenais à t'échapper ?
- J'ai parlé à Tchapa. Le sorcier désigna le jeune guerrier le plus proche. Il est leur nouveau chef, maintenant. C'est lui qui devra porter ma vengeance. Suis-le ! Il te mènera à ton ami.
- Et cette femme ?
L'amazone n'avait pas bougé. Entourée de quelque un des guerriers intrigués, elle était plongée dans une discussion à laquelle le marin n'entendait rien.
- Elle appartient au *Gbeto* du roi d'Abomey. Elle appartenait... son roi l'a exilée.
- Elle aussi ? C'est décidément une coutume de vos royaumes !
- Les femmes du Gbeto chassaient les éléphants pour leur roi. Et puis, il a voulu qu'elles combattent pour lui. Elle a refusé. On l'a chassé pour ça. Maintenant,

elle veut se racheter.
- En tuant les ennemis qu'elle avait refusé d'affronter ?
- Elle doit retrouver son honneur...
- Et maintenant, que va-t-elle faire ?
- Elle dit qu'elle vient avec vous, demain.
- Et ensuite ?
- Ensuite... ailleurs. L'Afrique est grande. Et moi, je vais me reposer maintenant.

En réalité, le vieil homme s'éteignait sous les yeux de ses compagnons impuissants.

Un autre membre du groupe était porté disparu. L'un des deux gardes que l'on avait perdus de vue dès le début des combats. On retrouva son corps, non loin du campement, la poitrine béante. Les Anyotos, expliqua-t-on au Malouin, étaient réputés pour leur cannibalisme rituel. Le cœur d'un vaillant adversaire était censé apporter une vigueur surhumaine à qui le dévorerait.

A l'issue de cette soirée devenue veillée funèbre, chacun souhaita se recueillir avant de reprendre la route.

Après la mort du vieux sorcier, le périple reprit de plus belle. Un périple empreint d'une profonde morosité. Seul Tchapa, auquel le vieux sorcier avait confié le groupe, ainsi que la jeune amazone qui les accompagnait, poursuivaient leurs échanges concernant l'itinéraire à tenir, étrangers à l'ambiance pesante qui les entourait. Le Malouin, lui, pouvait encore ressentir la présence de son ami noir, le seul avec lequel il avait vraiment pu communiquer jusque là sur cette étrange terre. Il s'était attaché, bien sûr, à comprendre le langage parlé par ces tribus de la *côte des Esclaves* où il avait débarqué. Mais les échanges qu'il pouvait s'autoriser de cette manière étaient bien plus laconiques que les discussions avec le vieux sorcier, où il lui semblait parfois toucher certains mystères du continent africain.

Ces longues veillées, en outre, lui manquaient plus qu'il ne l'aurait cru, durant lesquelles le vieux sage comptait les récits de son pays, qu'il traduisait sommairement pour le marin blanc. Ses rêves même étaient habités des personnages et créatures de ces curieuses légendes.

C'est ainsi que, lors d'un bivouac, il fut réveillé durant la nuit. Mais ne rêvait-il pas qu'il s'éveillait ? Le silence avait suivi l'agitation habituelle des débuts de nuits dans la jungle. Il devina plus qu'il ne vit la silhouette du jeune guerrier désigné pour monter la garde. Assis, lui tournant le dos, l'autre observait un silence minéral.

Le regard du Malouin fut soudain attiré en direction des arbustes qui entouraient leur campement. Là, à quelques pas à peine, deux yeux de braise luisaient dans les branchages. Le marin resta un moment comme hypnotisé. Ces yeux n'appartenaient à rien de ce qu'il avait déjà rencontré, il en était sûr. Et puis, il y avait autre chose. Cette odeur, ce n'était pas celle d'un fauve, il l'aurait juré. Les yeux ne le quittaient pas, semblant même se rapprocher insensiblement. Résistant à l'angoisse qui le tenaillait à présent, il chercha à se raccrocher au rationnel de la situation : il était là en terre étrangère, ces fragrances, ces bruits, tout était nouveau pour lui... cela ne suffisait-il pas à faire naître d'étranges sensations à quiconque découvrait ce pays. Et puis, il se souvenait de ces mythes que leur contait le vieux sorcier. C'était cela ! Ces créatures de légendes, celles qui par exemple se perchaient la nuit dans les arbres pour surprendre les imprudents : *Asanbosam* ! La description correspondait, à n'en pas douter. Le sommeil du marin, troublé par les récits, aura matérialisé l'une de ces créatures, un de ces vampires africains aux griffes d'acier et au regard de braise.

Voilà ! Maintenant qu'il avait compris d'où lui venaient ces hallucinations, il lui suffirait de fermer les yeux et de s'endormir pour que la créature s'évapore. La résolution ne devait pourtant tenir très longtemps et le marin rouvrit bientôt les yeux. Le regard était toujours là... et dangereusement près ! Le Malouin eut un mouvement de recul pour attraper son sabre, laissé à portée de main. Le bruit alerta le garde qui se retourna à son tour. Le temps d'appréhender la scène, le marin ne put que constater qu'ils étaient seuls. La créature au regard de braise avait disparu. Mais avait-elle jamais existé ailleurs que dans ses rêves ou cet état de veille halluciné ?

Au réveil, il tenta de partager son étrange expérience de la nuit. Les rires un peu moqueurs de ses compagnons de route lui parurent pourtant empreints d'une certaine inquiétude. Par la suite, même, il lui semblait que la tension dans le groupe remontait à mesure que se profilait un nouveau paysage barré de hauts plateaux auxquels menait une suite de collines qui s'élevait devant eux. Pourtant, rien ne semblait vouloir les menacer à présent.

Le Malouin pouvait sentir cette Afrique fouiller son âme, et lui communiquer la noirceur de la sienne. Parfois encore, la nuit, des bruits inconnus venaient troubler leur repos : des cris d'animaux qu'aucun d'eux ne parvenait à identifier, des battements d'ailes de quelque gigantesque animal qui survolait leur abri, puis disparaissait avant qu'ils n'aient pu l'apercevoir. Le pays prenait possession du groupe, le plongeant dans une profonde mélancolie.

Le soleil brûlant du jour leur faisait oublier leurs angoisses de la nuit, lorsque leurs préoccupations devenaient plus rationnelles, plus urgentes. Jour après jour, il leur fallait trouver eau et nourriture, progresser dans cette savane que venaient hanter les lions à la tombée du jour. Les collines se rapprochaient à présent, que le Malouin croyait ne jamais pouvoir atteindre.

Bientôt, le décor changea encore, et avec lui le comportement du petit groupe. Par endroits, la savane cédait la place à de petites oasis marquées par des cultures sommaires d'essences inconnues du Malouin. Des hameaux de terre et de chaume y poussaient comme à l'état sauvage. Alors qu'ils avaient jusque là soigneusement évité les villages, Tchapa ne cherchait visiblement plus à se cacher.

Toujours accompagné d'Atanga, l'amazone, qui avait finalement décidé de faire cause commune, il s'attachait maintenant à s'entretenir avec tous les chefs de villages qu'ils pouvaient rencontrer. Le Malouin en déduisit qu'ils étaient maintenant en territoire amical - du moins à leur égard – et que le jeune guerrier cherchait à rallier toutes les tribus avant la confrontation finale avec l'usurpateur. Chaque fois se reproduisait le même protocole : quelques formules rituelles échangées, la présentation d'une amulette héritée du vieux sorcier, et les accords se faisaient. Quelquefois, une hésitation pouvait se faire sentir, vite réprimée par la vue de la guerrière d'Abomey et de l'homme blanc. Les habitants de la région n'avaient coutume de rencontrer ni l'une, ni l'autre. Une légende était sur le point de naître, parlant d'un vaillant héros venu défaire le tyran, accompagné de guerriers mythiques à l'aspect extraordinaire.

Chaque fois, le groupe repartait nanti d'une troupe en armes toujours plus grosse des effectives glanés à l'étape. La confrontation s'annonçait redoutable.

Enfin, alors que le relief n'en finissait pas de s'élever vers les hauts plateaux, l'ost parvint en vue de la capitale du petit royaume. Une bourgade sensiblement plus importante que les villages de cases traversés jusque là, en réalité. Un palais en occupait le centre, longue bâtisse de terre séchée surmontée de chaume, aux ouvertures encadrées de défense d'éléphants et enjolivée d'une multitude de décorations tribales. Peintures chatoyantes,

sculptures et gravures au style étonnamment recherché, la culture de ce peuple noir apparaissait soudain aux yeux du voyageur blanc. À moins que tout ceci ne fût d'abord créé par une autre civilisation puis imité par les indigènes. Faute de connaissances suffisantes, Le Malouin ne pouvait que surseoir à cette question.
Il n'aspirait plus maintenant qu'à s'arrêter pour se reposer. La fatigue du voyage dans cette terre inhospitalière l'avait affecté bien plus qu'il ne l'aurait crû et des accès de faiblesse venaient le surprendre de plus en plus fréquemment. Pour autant, il ne s'attendait pas à prendre du repos de sitôt : la confrontation qui les attendait allait sans doute lui coûter ses dernières forces avant de pouvoir goûter un repos bien mérité. S'il survivait à l'affrontement...
Le gros des habitants du village était rassemblé devant le palais : la nouvelle de leur arrivée était parvenue depuis longtemps, bien sûr. Les moyens de communication ne manquaient pas, Le Malouin s'en rendait bien compte : entre messagers à la course infatigable qu'ils avaient pu croiser au long de leur périple dans le royaume et chant tonitruant du tam-tam, le marin pouvait sentir couler l'âme africaine à travers la savane.

Au charivari marquant leur arrivée succéda un silence tout aussi impressionnant. La foule s'écartait sur le passage de Tchapa et de ses compagnons de route, jusqu'à l'entrée du palais. Là les attendaient le roi et ses proches assis en demi-cercle devant la bâtisse. Le roi lui-même trônait sur un énorme siège de bambou ciselé. Tout dans son maintien et sa parure indiquait qu'il attendait un événement important. Le Malouin resta en retrait, attentif aux mouvements de foule, prêt à en découdre quand le besoin s'en ferait sentir. Bientôt la voix du roi s'éleva, haute et forte, dans un langage que le marin ne pouvait comprendre. Pour autant, il avait pu se familiariser avec la langue commune aux habitants de la région. Il lui apparaissait maintenant que chaque peuple pouvait avoir son propre parler, comme c'était le cas dans la vieille Europe finalement, pensa-t-il. Le ton montait visiblement entre les deux chefs. Bientôt faudrait-il probablement vider la querelle par les armes.

Les échanges duraient depuis des heures sans qu'en ressorte quoi que ce soit de concret. Le Malouin avait maintenant le sentiment de vivre la situation la plus éprouvante de son long périple. L'atmosphère suffocante de chaleur mêlée de poussière, la pression de cette foule au regard partagé entre hostilité, curiosité et fascination, l'attente d'un combat à mort qu'aucun des deux belligérants ne se résolvait à déclencher, tout cela pesait à présent sur les épaules du voyageur blanc comme jamais auparavant. Il pouvait littéralement sentir son sang bouillir dans ses veines et la scène s'imprimer au plus profond de lui avec une écrasante intensité. Il se rendait compte à présent qu'il ne tenait encore sur ses pieds que par un violent effort de volonté. Que n'aurait-il donné pour que cesse le cauchemar ?!

Il s'aperçut, avec un temps de retard, que le silence était revenu, plus oppressant que jamais. On y était ! Tout en chassant la sueur qui lui embuait la vue depuis un moment, il laissa sa main libre glisser, presque inconsciemment, vers la poignée du sabre qui pendait toujours à sa ceinture. Prêt au déferlement de violence qui n'allait sans doute pas manquer de se déchaîner. De fait, le roi se leva d'un mouvement théâtral, et se lança dans une harangue qui promettait de n'en pas finir, elle non plus.

Dans un dernier cri sauvage, il leva les deux bras au ciel, imité par une partie de l'assistance. Ensuite de quoi il jeta au sol le bâton artistiquement ciselé qui lui faisait office de sceptre, puis traversa la foule, suivi de quelques fidèles. Quoi ! C'était tout ? Contre toute attente, l'usurpateur était destitué, sans même que le sang eut coulé. Sans doute, conscient de son désavantage dans le conflit, avait-il préféré abdiquer. Ou bien peut-être cela faisait-il partie des traditions de ce peuple étrange.

Le Malouin aurait dû se féliciter de cette issue, mais il était loin de ces préoccupations à présent. Alors que la tension était retombée brusquement dans le village, ses dernières forces l'abandonnaient, le laissant glisser dans une bienfaisante inconscience. Le rideau se tirait là pour le marin indifférent au sort qui lui serait réservé.

Lorsqu'il se réveilla, il était allongé dans une hutte. Des fumigations aux fragrances inconnues semaient

des volutes au-dessus de sa couche. Quelqu'un était là, dans l'ombre, penché sur lui. Il lui fallut un certain temps pour que sa vue s'accommode à l'ambiance de la case. Il pouvait discerner un visage, presque diaphane, aux traits allongés. Quel contraste avec ceux, plus épais, des habitants de la région !
- Qui êtes-vous ? demanda-t-il, soudain redevenu inquiet, tentant de se redresser sur un coude.
- Allons... restez calme... vous devez vous reposer encore... lui répondit une voix féminine dans un français hésitant, avec un accent indéfinissable. Pour répondre à votre question... j'ai été recueillie par ces gens, moi aussi, alors que j'étais blessée. Mais je repars bientôt.
Le Malouin avait rencontré bien des peuples durant ses voyages, mais rien qui ressemblait au personnage qui le couvait du regard. Tout, dans son maintien, semblait d'une incroyable légèreté. Au moindre de ses mouvements, ses amples vêtements donnaient l'impression de voleter, comme mûs par une brise pourtant inexistante. Une présence presque fantomatique...
- Comment connaissez-vous ma langue ? demanda encore le marin, pris d'une soudaine intuition.
- Le voyageur me l'a apprise. Il connaît énormément de choses sur le reste du monde. Il nous apprend beaucoup, et nous lui apprenons aussi.
- Le voyageur ? Je cherche un ami qui parle cette langue aussi.
- Corso, oui, je sais...
- Mais comment ?...

- Vous avez beaucoup parlé dans votre sommeil.
- Oh... bien sûr ! Mais comment va-t-il ? Est-il toujours en vie ?
- Il va bien.
- Pouvez-vous me mener à lui ?
- Le chemin est long, très long, et vous êtes bien... fatigué encore.
- Fatigué ?
- ...malade, les fièvres vous ont pris. Vous devez vous reposer si vous voulez reprendre votre route.
Le regard de l'autre devenait fuyant. Lui cachait-elle quelque chose, sur son propre état de santé ? Le Malouin connaissait bien les effets de ces fièvres des marais. Elles lui avaient arraché tant de compagnons durant ses campagnes caraïbes.
Ces pensées furent ramenées à l'instant présent lorsque deux autres personnages passèrent à leur tour le seuil de la hutte. Le Malouin reconnut le premier : il s'agissait de Tchapa, le nouveau roi de la région. Celui-ci ne cacha pas son soulagement de voir le marin à nouveau conscient. La seconde, cachée derrière un masque d'argile, portait quantité de colifichets aux poignets et aux chevilles. Le Malouin devina aussitôt qu'elle devait être l'équivalent de ce qu'avait été Ngosso. Une sorcière ? Le mot avait peine à franchir la barrière de son esprit, tant il était chargé de pensées négatives là d'où il venait, en Europe. Il avait pourtant rencontré, là encore, de ces personnages dans les mers des Indes occidentales. Des prêtresses vaudou, des *mambos*, cousines de celle qu'il avait sous les

yeux, exilées vers les Amériques par le commerce d'ivoire noir. Le marin ne les craignait pas. Il se prit même à espérer que celle-ci pourrait le débarrasser du mal qui le rongeait à présent.
La prêtresse l'ausculta rapidement, marmonnant quelques semblants d'incantations, puis après un regard à Tchapa, quitta la case sans un mot.
- Tu sembles allez mieux, lui menti le jeune chef, sans conviction.
- Je veux sortir... je veux voir le ciel, lui répondit simplement le marin.
Les deux hommes se comprenaient. Tchapa appela. Un autre noir entra presque aussitôt. Une montagne d'ébène. Le seuil de la case peinait à le laisser entrer. Sur un signe de son roi, il se pencha sur la couche du malade et, le soulevant comme on ferait d'un enfant, l'emporta au dehors. La chaleur épaisse de l'Afrique avait cédé la place, ici, à une bienfaisante fraîcheur. Le Malouin prit une profonde inspiration, sentant l'air chasser les remugles de la fièvre. Ils n'étaient plus dans le village où avait eu lieu le « coup d'État », mais plus haut encore sur les plateaux, lui sembla-t-il. Plus haut ?! La masse sombre des hauts plateaux d'Afrique les écrasait encore de sa hauteur. Jusqu'où fallait-il donc monter pour en atteindre les sommets ? C'était bien là l'endroit idéal pour se cacher et se faire oublier du monde. Son ami Corso ne s'y était pas trompé. Les idées soudain plus claires, il prit sa décision. Tchapa et l'étrange personnage de son réveil l'avaient rejoint sur des sièges près de celui où le colosse l'avait finalement

déposé. La peau de l'étrangère paraissait encore plus pâle sous le soleil déclinant. Ses cheveux, presque blancs eux aussi, lançaient des reflets bleutés. Faisait-elle partie de ce peuple que recherchait tant Corso, ou était-elle un de ces spécimens albinos que lui-même avait déjà pu rencontrer ? Même le peu de manières du Malouin lui interdisait de poser la question.
- Je veux y aller ! s'exclama-t-il, désignant du menton les hauteurs qui les surplombaient. Mon ami est là haut, n'est-ce pas ?
- Tu es bien trop fatigué, répondit simplement Tchapa. Tu ne survivrais pas au voyage.
- Et si j'attends plus longtemps, serais-je à nouveau en état de le faire ?
La question était de pure forme, chacun en connaissait la réponse. Le silence qui suivit était suffisamment éloquent.
- Je dois y aller, insista-t-il. Rien ne sert d'attendre ici plus longtemps. J'aimerais juste que l'on puisse faire parvenir ceci sur la côte.
Il venait de produire une liasse de feuillets jaunis par la chaleur et tâchés par endroits, là où la jungle avait laissé son empreinte.
- C'est ton histoire, n'est-ce pas ? demanda Tchapa, intrigué depuis le début de ce périple par le soin qu'avait mis l'homme blanc à remplir ces pages, jour après jour.
- C'est... mon journal de bord. Un marin tient toujours un journal de bord, même lorsqu'il est si loin de la mer.

Quelques jours plus tard, l'expédition montait à l'assaut des derniers sommets. Éprouvante pour Le Malouin terrassé par la fièvre, étendu sur une litière portée par deux robustes guerriers. Son regard se perdait sur les frondaisons, au loin, où s'accrochaient des écharpes de brume. Des vallées cachées des regards attiraient inexorablement l'attention du marin. Que pouvaient bien dissimuler ces replis isolés de tout ? Ce peuple dont lui avait parlé l'étrangère ? Un peuple exilé de ses terres natales, au-delà de la Méditerranée. Parvenu, après une longue traversée du désert, jusqu'au grand Lac du Nord. Chassé de nouveau par les querelles entre royaumes de Kanem et de Bornou, avant de trouver ici une nouvelle terre promise.

Sans cesse, le regard du marin fatigué revenait vers le ciel bleu acier où s'ébattaient des volatiles multicolores. Son esprit enfiévré y discernait les formes de créatures enchantées, celles que lui avait tant décrit son ami Corso. Nul doute que celui-ci avait trouvé là-haut le peuple qu'il avait tant recherché. Il voyait, à travers la brume fiévreuse, tous ces êtres étranges qu'il connaissait si bien sans jamais les avoir croisés.

Lorsque le groupe s'arrêta pour prendre du repos, les yeux du marin avaient cessé de ciller. Figés dans un éternel repos, ils resteraient à jamais ouverts sur ce ciel d'Afrique qui abritait encore sans aucun doute le dernier peuple magique protégé des dieux. L'homme était parti en souriant : il était enfin à destination.

Rassuré sur le sort de son ami de toujours, il s'ébattait lui-même à présent auprès du dernier peuple d'Arcadie. Parmi ces fabuleuses créatures qui, pour le commun des mortels, n'habiteraient jamais que des légendes.

TABLE

Introduction..7

Le val d'enfer...9

L'alchimiste et les Cascaveous................23

Un hiver à loups.......................................35

Éclipse Vitae..57

L'appel du Doppel...................................67

Un jour, une île..84

Le Dernier Peuple...................................101

Vous avez aimé ?

Retrouvez l'actualité de Corso sur

« *Korgaïa, le journal d'un arpenteur de songe* »

http://xallart.blog.free.fr/